王英杰先生

❶

❷

❶ 敦复书院外景

❷ 2008 年投资 70 多万元义务修建的西关北街路段

❸ 座无虚席的道德讲堂

❸

❶ 文明中原大讲堂挂牌

❷ 2012 年开封文明办在敦复书院挂牌成立开封道德讲堂总堂

❸ 2014 年 7 月，开封市有关领导到道德讲堂视察工作

❶

❷

❸

司法部原部长高昌礼（中）到敦复书院指导工作

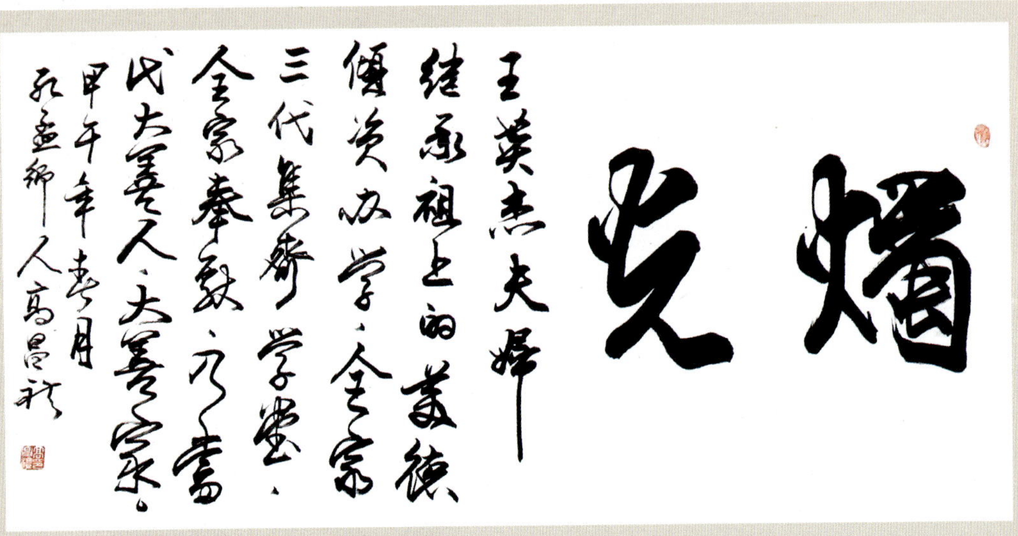


司法部原部长高昌礼在敦复书院即兴泼墨“烛光”二字，并题词：王英杰夫妇继承祖上的美德倾资办学，全家三代集齐学堂，全家奉献，乃当代大善人、大善家。

# 大德敦化

# 大德敦化

## 河南敦复书院落实中华传统美德的真实故事

宵旰 雪晴 著

世界知识出版社

# 目录

敦复无悔：平民教育家王英杰的真实故事——001
引子：从千万富翁到平民教育家——————003

## 第一篇　家风：积善之家，必有余庆

### 父亲的故事

故事1　得饶人处且饶人，荷包蛋里报大恩——006
故事2　但求能救人，不怕血扑门——————009
故事3　人善天不欺，粪坑救路人——————011
故事4　真诚相劝慰，小偷也惭愧——————012
故事5　仁者自无敌，匪首致敬意——————014
故事6　吃亏是便宜，从来不抱屈——————015
故事7　德不配位恐遭殃，奖金用于修学堂——017
故事8　时代不同了，恭敬心不改——————019
故事9　街坊早年作恶，一生良心遣责————021
故事10　长者积德行善，终享五福临门———022
故事11　国共分两党，大义共担当——————024

## 母亲的故事

故事 12　滴水之恩涌泉报，感恩相送二十里——026
故事 13　爱国护家不畏死，智斗日本小鬼子——027
故事 14　自己修行自己好，赠鞋结缘开封人——028
故事 15　一念仁心起，土改划中农————————029

## 第二篇　传承：秉持家风，正己助人

故事 16　敬惜岗位擦道岔，奋勇争先被提干——035
故事 17　青梅竹马两无猜，革命婚礼俭朴来——036
故事 18　施恩不图报，助人永不悔————————039
故事 19　人有善感，天有福应——————————041
故事 20　哪怕自己债累累，不忍毁掉欠账人——043
故事 21　诚实守信河南人，无形资产真如山——047
故事 22　澡堂救少女，洁身不沾泥————————050
故事 23　娘是金口，吃谁谁有——————————053
故事 24　修桥补路为他人，爱去福来报自己——055
故事 25　汶川地震遇灾难，带领全家去捐款——058
故事 26　资助困难优等生，清白无私利他人——059
故事 27　粮食自燃引反思，坚定信念办讲堂——061
故事 28　贱卖产业办书院，千金散尽亦不悔——063
故事 29　课堂哪怕只一人，矢志不移办学心——066

故事 30　误解委屈浑不怕，终获认可喜泪飞——069
故事 31　就算你是来蹭饭，笑脸相迎结善缘——071
故事 32　鬼门关前不言弃，助人为乐不止息——072
故事 33　精诚所至金石开，万里求学名师来——073
故事 34　推心置腹怨结解，化解上访笑颜开——076
故事 35　记者笔下李秀亭，助夫成德大智慧——079
故事 36　甘苦相伴四十载，执子之手永不负——087
故事 37　惜福爱物捡剩菜，表里如一不虚荣——089
故事 38　苦辣酸甜存心间，传播文化效先贤——091
故事 39　父母贴身小棉袄，深夜义务淘粪工——093
故事 40　一大家人来办学，同心同德同协力——094
故事 41　不义之财绝不取，网吧高价也不租——097
故事 42　敬老孝亲有耐心，错过好戏待下回——099
故事 43　怜贫惜弱传家风，正是王家好女婿——101

## 第三篇　弘扬：礼仪之邦，德化世风

故事 44　传递善心传递爱，春风化雨百花开——104
故事 45　退休局长献余热，一对老义工明星——107
故事 46　义工小夫妻，敦复改习气————————108
故事 47　书院如家情意浓，源源不断感恩米——113
故事 48　年近古稀副院长，激将赌进敦复堂——115
故事 49　爱心寒梅似春雨，润育学员细无声——117

故事 50　国学洗礼心灵，何惧深夜风雨————121
故事 51　传统文化正能量，生活给予的奖赏——124
故事 52　家庭破裂伤孩子，圣人面前勇忏悔——127
故事 53　仁爱化冷漠，真诚开心锁——————130
故事 54　浪子回头金不换，改过迁善做楷模——133
故事 55　饮水思源报亲恩，摆脱娇骄勤习劳——134
故事 56　化解心头抑郁，家庭获得新生————135
故事 57　传统文化成日课，从心开始转命运——139
故事 58　高压强势女汉子，学习柔顺家和美——140
故事 59　相由心生境随转，心病还需心药医——141
故事 60　正己化人，实至名归———————144

附　录　敦复书院大事记———————————149

后　记———————————————————152

# 敦复无悔：平民教育家王英杰的真实故事

忠厚传家久，诗书继世长。这是真实的故事。它真实地记载了王英杰好礼尚义、出资兴办敦复书院的故事，也真实地记载了引导及襄助王英杰兴办敦复书院的父母、妻子、儿女和义工的动人故事。

我曾多次到敦复书院，并与王英杰同志有过多次长谈，都给我留下很好、很深的印象。敦复书院有着鲜明的办学宗旨：忠孝友悌，正己化人，弘扬与传播中华优秀传统文化。几千年形成并流传至今的中华优秀传统文化，是中华民族的根与魂，它浸透于我们的日常生活之中，流淌于我们的血脉之内。几千年来，都指引着中国人修身、齐家、治国、平天下，至今还是民族认同、道德修养、爱国向上、成就事业的重要精神力量。敦复书院自 2008 年创建以来，一直以《论语》《弟子规》和孝道文化为主要教学内容，起了很好的弘扬与传播中华优秀传统文化的作用。

敦复书院有着高尚的办学理念：义务建校、义务办学。敦复书院坐落在开封金耀门外，占地虽然不大，但教学设施齐全，现有可容两百人寄宿、五百人就餐、七百人听课的设施，是王英杰花千万元办起来的。书院自开班就声明：凡来听课的人，一切费用全免。七年来，坚持不渝，每年办学费用须一百多万元，这使人想起晚清时的武训。武训为办义学行乞几十年，吃尽苦头。王英杰将送煤球、卸片石、装西瓜、搞房产攒下来的数千万资金都用于办义务教育，其志其行，堪称当代武训。

敦复书院有着清晰的办学目标：教人明理至善，引人复归正道。“敦复”取自《易经》的“敦复无悔，中以自考也”，意为敦厚忠实地复归正道。敦复书院七年来皆执其意、行其道。所办的各种班都以教人向善、明理尚义为根本。选名师、贴人心、接地气，循循善诱，先后听课受教者达三十多万人次，其中大部分是青少年。敦复书院教育了很多人，改变了很多人，成就了很多人。

敦复书院有很好的办学队伍：全家向学，德邻襄助。王英杰崇高的捐资办学义举，有着很深的家庭家风家教背景。子女不用管，全靠德行感。父母是他一生为人做事最好的榜样、最早的老师。他们一生积德行善、爱国友邻、公平厚道，以很好的家风家教引领后代。他们培养了英杰，英杰又传之后代。因此，捐资办学一提出，即得全家赞同，出钱出力出智慧，遵守“善事要猛办”“好事不留名”的家训，众志成城，很快就把书院办起来了。古人云：“德不孤，必有邻。”很多人被王英杰的义举所感动，争先恐后当义工。义举多方助，人气似浪潮，书院越办越好。

中央提出的社会主义核心价值观，在个人层面上有四点要求：“爱国、敬业、诚信、友善”，王英杰都做到了，并将其浸润于敦复书院的办学之中，使得敦复书院成了一个弘扬中华优秀传统文化的基地，成了一个培花育人的基地，也成了一个培育和践行社会主义核心价值观的基地。衷心地祝愿敦复书院越办越好。

河南省孔子学会会长　王笑南

2015年6月13日

# 引子：从千万富翁到平民教育家

王英杰在开封，乃至河南，都颇有些名气。他是敦复书院创始人，开封市道德讲堂总堂负责人，开封市道德模范，河南省五好文明家庭标兵，河南省最美家庭标兵，河南省社科联先进工作者，河南省传承好家风的好妈好爸，中国助人为乐好人，全国五好文明家庭，获全国道德模范提名奖。

王英杰1953年出生于河南郏县城关，自小受良好家风影响，1976年被招到芦医庙车站当扳道员，后提干，任会计、劳动服务公司经理等职。1996年内退后开始做生意，凭着聪明才智和诚实守信，积累起丰厚资产。他致富后热心公益，修桥补路、帮贫济困，不断回报社会。然而在家族企业风生水起之时，他看到社会上一些有违中华文化传统的道德沦丧、精神滑坡、言行粗鲁、损人利己、家庭不和、邻里不睦等不良现象，深为传统文化的失落而痛心，他放下生意，说服家人，全身心投入义务办学。

自2008年以来，王英杰出资数千万元，以“弘扬传统文化，传承中华精神”为己任，率领全家创办敦复书院，面向全国聘请优秀教师，为学员提供免费食宿，长期开办社会主义道德公益讲座，培养爱国、敬业、诚信、友善的合格公民。敦复书院在传播中华优秀传统文化的基础上，结合现实，与时俱进，教人在解决温饱之后修身自律、规范言行，教人诚信友善、感恩知足、克服恶习、远离邪念、服务社会、报效国家。

知足难，知止更难。是什么让王英杰在人到中年时，毅然放下如日中天的生意，义无反顾地率领全家投入这项公益事业？源远才能流长，根深才能叶茂，犹如一棵参天大树，枝叶繁盛皆因根脉发达。王英杰的“根”深扎于中国优秀传统文化的沃土。

习近平主席强调，要“讲好中国故事，传播好中国声音。”让我们一起来听听王英杰和敦复书院的故事吧。

**修身而后家齐，家齐而后国治，国治而后天下平。**

**——《礼记·大学》**

# 第一篇　家风：积善之家，必有余庆

**王英杰**　1953 年出生于河南郏县，父母都是善良的市民，从小受到良好教育。王英杰的父亲曾对他说：“积善之家，必有余庆；积不善之家，必有余殃。”王英杰将这句话铭记于心。

## 父亲的故事

王英杰父亲王丙兆十二岁那年到襄城县学照相，学徒三年、孝师三年后，十八岁的他回到家乡，在郏县县城开办了第一家照相馆。王丙兆性情豪爽，心地善良，家境也宽裕。他一直秉承古训，时刻不忘积德行善，在当地颇有仗义济困的名声。他以照相为生，不仅照出了世事百态，更照亮了闪光的一生。

### 故事1　得饶人处且饶人，荷包蛋里报大恩

豫西地贫，上个世纪前期，土匪蜂起。战乱动荡的年代，给土匪横行提供了机会，而自古以来豫西人彪悍的民风也为其提供了滋生的土壤。从清宣统年间开始，这里的土匪已经开始萌动。进入民国，发展起来甚至有席卷中原之势。1937年，全省各类土匪有四十万。河南匪患严重，尤以豫西为甚。究竟严重到何等程度？据记载，农民下地干活儿，一手拿锄，一手拿枪，民匪莫辨，亦民亦匪。凡是男子，手里都有武器。这样的记载固然有些夸张，但也不是空穴来风。豫西匪患严重，一因地贫，二因山多，三因战乱。豫西土匪活动的规律是：每逢盛世则销声匿迹，一遇乱世便盗贼蜂起，深山密林遂成土匪滋生之摇篮。由于土匪太多，分布太密，老百姓没法生存，纷纷买枪买弹，反正我不杀你，你便杀我。

解放前夕，王英杰一个姓冯的叔叔从许昌回老家郏县。许昌离

郏县六十公里，那时候没有公共汽车，来回靠骑马或骑驴。许昌马站到襄县为一站三十公里，襄县马站到郏县又是三十公里。

冯叔在回家的途中碰到一个穷老乡。对方衣衫褴褛、面黄肌瘦，自称身无分文，乞求跟他结伴而行，还求他管口饭吃。冯叔多年在外做生意，为人豪爽，虽与那人素不相识，但看在老乡份上，出于同情，答应与之结伴，一路负责其吃饭和车马费。两人一路骑马到襄县马站，由于马站没马，他俩决定徒步走回郏县。中午，在给饭店付款的时候，冯叔未提防那人，从口袋里掏出了很多钱。那人一见，遂起不良之心，他谎称出去找厕所，其实是去买了一把尖刀掖在怀里。在离郏县十五公里左右的地方，那人看前后左右无人，拿刀从背后向冯叔照头砍来。冯叔是个练武之人，听得耳后有风，头一躲，一刀扎在左胳膊上，“啊”的一声大叫，胳膊上血流如注。冯叔身强力壮，多年行走江湖，见多识广，又有功夫在身，虽然受了点伤，但并无大碍，他三下五除二，将对方踹了个狗啃泥。那人翻滚在路边喘息，冯叔一把扯下那人的裤腰带，将他四肢反捆，扔在路边沟里，又用毛巾塞住他的嘴。确认这人逃不掉之后，冯叔撕破衣服，给自己做了简单包扎，然后一溜小跑，直奔王丙兆家。

听了事情缘由，王丙兆马上去县大队（也就是当时县里负责治安的机构，相当于今天的公安局）报案。县大队队长是王丙兆的拜把子弟兄，他带着人赶到案发现场时，看到那个被捆的穷老乡还在路沟里躺着，直接把他带回来，扔进监狱，听候发落。当时办案子很简单粗暴，不像现在严格遵照法律规定按程序执行，往往是一点小错，就把人给枪毙了。因为当时王丙兆在县里有较高的社会地位，第二天县大队特意向他征求意见，询问姓冯的受害者想要如何处置行凶者。王丙兆想了想，劝冯叔说:“兄弟，要我说，得饶人处且饶人。你也没啥大碍，那人是个穷猴子，还不是饿急了，一念之差，见财起意。要不，饶过他这一回吧！”那个穷老乡本以为自己必死无疑，没想到在监牢里只待了一夜，就被放走了。临走时，他打听到是王丙兆帮他说了话，羞愧不已，对王丙兆千恩万谢，发誓再也不做那种见不得人的事。

一晃十几年过去了。

1959年，王丙兆被划成右派。他被指派到山上照相。有一次，他在山里照相忙活了半天，中午时分已是饥肠辘辘，这时，有个人端着满满一大碗荷包蛋来找他。当时正值全国“大跃进”，大炼钢铁，粮食极度匮乏。王丙兆自忖，与这个人素不相识，自己又是右派，别人避之不及，他为什么会拿当时极其珍贵的鸡蛋送给自己？

王丙兆又感激又纳闷，谢绝道：“兄弟啊，无功不受禄，这碗鸡蛋，我可受不起啊！”对方顿时泪流满面，说：“二哥（王丙兆在家里排行老二），您忘了我，我可忘不了您啊！您对我有救命之恩啊！我就是当年拿刀子扎老冯的那个人。十几年啦，我没有一天忘了您啊。每次进城，我都要到您的照相馆附近，朝里面望望，您在就看您一眼，您要是没在，我也在外面站站才走。我听说您这几天在俺家附近照相，特意把全村的鸡蛋都借来了，叫俺孩儿他妈给您做碗吃的。兄弟俺实在是无以为报啊。”

最后，王丙兆“被逼着”把一大碗荷包蛋吃完，这个人才满意地走了。

王英杰回忆说，父亲教育他：冤家宜解不宜结，对人要有宽容仁善之心，尤其对一时犯了错、也许伤害过我们的人，更要多一些宽容和慈悲。父亲还再三叮嘱他，以后出门带钱，千万不能外露，叫做“财不露白”，以免惹祸上身。

### 故事2　但求能救人，不怕血扑门

过去，豫西农村没有专门的妇产医院，生孩子全靠接生婆凭经验帮忙。多数妇女在生头胎时会遭受很大痛苦，特别是遇到难产，若接生婆技术不到位，常问：“要大人还是要小孩？”主家遇到这种事，往往也是干着急没办法，运气好的能留住大人保住孩子，运气差的不是殇了大人就是殇了孩子，甚至是母子双亡，喜事变丧事，酿成家庭悲剧。正因如此，当时产妇生孩子被视为过鬼门关，有许多禁忌。包括忌讳在娘家生孩子，认为这会给娘家带来不吉利。产妇快要分娩时，也不许串门，若在串门时分娩，眼看要生在别人家里，邻居或亲友就往外撵人，故民间有“宁叫家里死口人，不叫血气扑了门”之说。若是产妇不得已外出，一时回不到婆家的，也要挣扎着离开亲友家，宁可在路上搭草棚分娩，也不可在亲友家生产。

有一天，王丙兆外出上街，碰到一位临盆的孕妇，孕妇自知已经无法走回家了，自己和即将出世的孩子都处在生死未卜的鬼门关前。大街上人来人往，她用乞求的目光注视着每一位路人，然而人

❶

❶ 王英杰父亲

❷ 解放初期的全家福

❸ 王英杰兄弟姐妹合影

❷

❸

们都躲得远远的，生怕给自己家带来晦气。

王丙兆发现后，二话没说，赶紧跑回家叫来爱人刘水莲，一起把孕妇带回自己家，请接生婆安排接生，又问清了产妇家的详细地址，派人去给她家人送信儿。孕妇生产后，他又和爱人照顾了半个月，才让孕妇的家人把她们母子俩接回家。后来，街坊邻居都问他："二哥，你就不怕血气扑门啊？人家娘家人都不愿意亲闺女在自家生孩子哩，你倒是不忌讳！"王丙兆笑着回答说："万物出于心，福田自己种，啥都比不上救人要紧。"

《了凡四训》里有句话："一切福田，不离方寸，从心而觅，感无不通。"说的正是这个道理。

### 故事3 人善天不欺，粪坑救路人

"老吾老以及人之老，幼吾幼以及人之幼。"人与人之间互相帮助，这是中华民族的传统美德，但是近些年，社会上有一种很不好的说法。关于路遇老人摔倒，到底扶还是不扶？引发了众多媒体的讨论。2014年中央电视台的春节联欢晚会上，还排了个《扶不扶》的小品节目，足见社会关注程度。为什么？因为"彭宇情结"作祟。

2006年11月20日，一位老太在南京水西门广场一个公交站台等公交车，人来人往中被撞倒摔成骨折（事后鉴定为8级伤残）。老太指认撞人者是刚下车的小伙彭宇，并告到法院索赔十三万余元。彭宇则称自己下车时看到老太跌倒，赶忙去扶她。2007年9月4日，法院一审认为事故双方均无过错，按公平原则，判彭宇给付受害人适当补偿共45876.6元。随后，双方当事人在二审期间达成和解协议，撤诉结案。这件事在社会上造成了很不好的影响，大家惊呼“扶不起”。后来经常有报道老人倒地，路人无人敢管的事件。

时光倒流至四十五年前，如果大热天的，一个人摔到了粪坑里，救还是不救呢？

王英杰回忆，他们家当时临街而居，那个年代，居住条件较差，没有室内卫生间，多家共用一个公厕，是如今部分农村还保留着的旱厕。有一天，王丙兆去厕所，发现粪坑里掉进一个年轻人。心想：自杀也没有跳粪坑啊，估计是生病了，蹲厕所时昏倒的。他马上回家，叫上王英杰一起来救人。

回忆起当时的情景，王英杰说，就一个字：“臭”！恐怕很多人一见都要呕吐半天，这个人浑身上下都是大粪蛆虫。父子俩顾不上脏臭恶心，把年轻人抬回家，赶紧打水冲洗。不晓得花了多少时间，也不记得用了多少水，年轻人总算给收拾干净了。等年轻人稍微好转后，他们问明家庭住址，赶紧给他家捎信儿，把他送回了家。原来，年轻人是吃了街上的肉杂烩，天热，食物变质，中毒了。

事情就这样过去了。家属既没有来感谢，也没有讹人。王英杰说，在父亲和他看来，都觉得很平常。俗话说，救人一命胜造七级浮屠。他们根本没想过回报。

### 故事 4　真诚相劝慰，小偷也惭愧

一提起小偷，很多人都会恨得咬牙切齿，在清初李渔的小说《觉

世名言》中说小偷是“搅世的魔头,把一座清平世界,弄得鬼怕神愁”,足见小偷的危害之大。而对小偷的惩罚，有殴打谩骂的，有游街示众的。当代法制社会，对偷窃行为轻者处以罚款，重者坐牢，有的国家还施以鞭刑以儆效尤。那么，还有没有更温和有效的办法呢?王丙兆有着自己的“独门绝技”。

旧社会，没有信用卡，更没有网上银行，出门都得带现金，这给小偷下手提供了机会。当年，王丙兆经营的照相馆在郏县县城，要买照相器材必须到郑州。

有一次，在去郑州的路上，一个小偷把手伸进了他上衣兜，王丙兆发现后，只是看着小偷的眼睛，坦诚地对他说 :“兄弟，我这是要去办事。如果你家里真的太困难，急着用，就拿走吧！”结果小偷一愣，把拿到手的钱又放了回去，惭愧地低着头走了。

后来，王英杰问父亲，为什么这么做?父亲说 :“人都是有良心的，做小偷的人不见得没有廉耻之心，干这行也许是因为他们遇到了不得已的难处。小偷的行径毕竟见不得光明，会令父母祖宗蒙羞，我们要能够体察对方的无奈，争取让他良心发现，也许能从此改邪归正呢！另外，既然我发现了，还愿意把钱财给他，这时候，他就不算偷了，算是我送的，也就保住了他做人的尊严，保全了他家列祖列宗的颜面，这不是做善事一件吗?比较起来，自己损失的那点钱财又算得了什么呢？”

## 故事5　仁者自无敌，匪首致敬意

上个世纪二三十年代，汝州、郏县、宝丰一带土匪横行，史称豫西土匪。那时处处有匪，家家有枪，最不济的也有一杆鸟铳。1937年，河南省各类土匪四十万，仅豫西就有十余万。当时一位记者发表评论说：河南境内，只有黄河北岸和开封附近才是安全的，人们要是没携带武器，都不敢出远门。

老人们回忆："那时候土匪'绑票'，就像'星星过月'一样，天天都有，不稀罕！"不过，土匪主要为求财，不见得会伤人。他们通常首选"彩票"，也就是有钱人家，为的是能勒索到一大笔钱财，一般对"彩票"都很客气，好吃好喝好招待，不会伤害他们，拿到钱就放人，拿不到钱则可能撕票。

王英杰的父亲王丙兆就生活在这样的年代。作为县里有名的商人，他也免不了跟强盗打交道。经常是路上正走着，突然就被土匪拦住了。然而，一旦通报了他的名号，土匪头子就会赔着笑脸赶来，弯下腰来道歉，"原来是二哥啊，受惊了，受惊了……"吩咐手下的兄弟放行，恭恭敬敬地送走。这样的事情发生过好多次。

为什么这样呢？因为盗亦有道。王丙兆是公认的好人，在当地口碑很好，平常的穷苦人，比如卖菜的，如果天黑了，没有卖完，送到他家里，王丙兆就会全部留下，马上付钱，卖碗的或者做其他小买卖的，只要送来，也会一并买下。这么多东西咋办呢？自己一大家子用掉一部分，用不完的就送给需要的人，就这样，人们都知道了王二哥好行善。特别是要饭的来到家中，从不让空着碗走，拿新馍，盛新饭，自家人吃啥给要饭的吃啥。他教育孩子们，不能把吃剩的饭倒给乞丐，乞丐也是人，要尊重他们。凡是受到过王丙兆接济的人，都在外面替他扬名。所以提到王丙兆，附近三教九流的人都很尊敬，土匪也不例外。由于王丙兆积德行善的名声在外，当地民间有言 ：“人有实德，土匪见了也弯腰。”说的就是这个故事。

### 故事 6　吃亏是便宜，从来不抱屈

王英杰十几岁的时候，有一天，父亲骑自行车带他去办事，自行车是羊角把，车旧了，修理后手闸上露出了一段钢丝头。当时县城的交通不分慢车道、人行道，更没有红绿灯，谁想咋走就咋走。一不小心，小钢丝头挂住旁边一个二十来岁姑娘的布衫，撕开一寸多长个口子。不等姑娘要求，王丙兆马上跳下车，从口袋里拿出五块钱，递给她，说 ：“对不起，姑娘，你再去买个新布衫穿吧。”按当时价格，买个新布衫不超过三块钱。王英杰回忆，父亲就是这样的人，从不让别人吃亏，经常教导他不可占别人便宜。

20 世纪的中国“右派分子”，一般指 1957 年“反右运动”中被错划的约五十五万知识分子和爱国民主人士，包括极少数的党员干部。他们蒙冤受屈二十多年，被送去“劳动改造”的不计其数，不少人陷入身败名裂、家破人亡的悲惨境遇。历史证明 ：大多右派分子被公认为是中华民族的脊梁、社会良心的典范、学人人格的楷模。1978 年 4 月，中共中央决定全部摘掉右派分子的帽子。1979 年 9 月，中共中央决定对被划为右派分子的人进行全面复查，把错划为右派

分子的错误结论改正过来。1980年5月8日，平反右派的工作告一段落，曾经被划为右派的五十五万人绝大部分平反昭雪。

王丙兆由于家庭经济条件较优越，跟旧社会很多上层人士都有良好关系，也被划为右派，打入“另册”，被迫戴上纸帽子游街示众。但他从来没有被殴打或者遭受更大折磨，有的乡邻背地里还安慰他、保护他。因为从他那里受恩惠的人太多了，老百姓中还是认同传统道德的人多些，他们不相信慈眉善目的王丙兆竟变成了“坏人”。

二十多年的右派帽子，让王丙兆在政治、经济、生活中受到种种限制，家人也受到牵连。他的妻子刘水莲被迫把户口迁往农村。在别人，也许会愤愤不平，但王丙兆夫妇却从不抱怨。王英杰说，小时候，他一直不理解，后来学习了传统文化，他才明白，“对国以忠”的理念在父亲心里扎了根，使他能够忍辱负重，直面命运的不公正对待。在那个政治敏感、言多招祸的年代，由于是右派分子家庭，王英杰始终谨记父亲的教诲：“话到嘴边留一半”“三思而慎言”。这令他从小养成了不爱言语的习惯，因此与人交流沟通，总是打不开话匣子。后来，因为开办书院，学习传统文化，需要经常登上讲台与大家交流分享学习体会，他的语言表达能力才一天天得到提高。

父母平反的消息传来，妈妈第一时间来到开封告诉王英杰，将父亲的平反通知书送到小儿子手中。母亲泪流满面地说：“共产党伟大呀！孩子你要记住，你一生中一定要忠于自己的国家，多为人民做好事。”

据王英杰回忆，不仅“对国以忠”“对人以诚”，在日常生活中，王丙兆还经常教育孩子们要口上积德，不可骂人。有时候孩子们和邻居小伙伴之间闹别扭生气，背地里骂人发泄怨气，只要被父亲发现，他就会制止说：“你骂别人，别人听不见就等于骂自己，就像送礼，没人接收等于自取其辱。骂人脏自己的口，你为什么还要骂人呢？”一直教育到孩子们口服心服，再不敢背地里骂人为止。

### 故事7 德不配位恐遭殃，奖金用于修学堂

王英杰年轻时曾经请教父亲：“您一生做生意，最深的体会是什么？”

父亲回答说：“无钱常想有钱时，有钱常想无钱日。”

父亲解释说：“没钱的时候不要气馁，要充满信心，脚踏实地干，所谓‘苦心人，天不负’，生意总有一天能成功；有钱了，也要正确对待，不可挥霍浪费，要时刻记住这些钱来之不易。”

父亲还说：“钱的循环归属有一定规律。俗话说，‘生意钱六十年’，就是说六十年一个循环周期；‘血汗钱万万年’，脸朝黄土背朝天的老百姓吃苦下力挣的钱万万年是一个周期；‘衙门口钱当时还’，就是说不义之财很快就会失去。所以，钱这东西，只有取之有道，才能长期为你所用。”

现在，各种体育彩票、福利彩票店满街都是，在每个小店里，都挤满了做着“撞大运、发大财”美梦的人。即使偶尔有人走运，中了大奖，据媒体报道，大多数人在三五年内会把巨款挥霍一空，仍然是个穷光蛋；个别人骤然发财还会使家庭破裂，甚至因此丧命。

❶

❷

❸

❹

❶王英杰父母中年合影

❷父母老年合影

❸幼年王英杰与母亲和三姐合影

❹当年开照相馆装相片的袋子

王英杰的父亲王丙兆也中过一次全国头等大奖，而他对奖金的处理方式颇值得后人借鉴。

王丙兆中奖后，他分文不取，把钱全用于修缮当地的一所学校，结果没有花完，他又把剩下的钱买了鼓、号等乐器，捐给学校，直到钱全部用完了，才如释重负。别人问他为什么这样做，他说："德不配位，必有灾殃。这些钱不是血汗换来的，花着不踏实，容易感召凶祸。"这件事，王丙兆一直对家人保密。"文革"时他被批斗，别人责问他当时修缮学校是什么动机时，王英杰才知道此事。他问父亲，为什么以前没对家人讲。老人家说："做好事不能让人知道，知道就不是好事了。"王英杰说，后来学习了传统文化，才知道这叫做"积阴德"，老人家一直恪守古训，默默地奉献于社会。父母亲营造的良好家风，使王英杰自幼立志以父母亲为榜样，做个竭尽所能对社会有所奉献的人。

《了凡四训》说："凡为善而人知之，则为阳善；为善而人不知，则为阴德。阴德天报之，阳善享世名。"深以为然。

### 故事 8　时代不同了，恭敬心不改

敬惜字纸，是中国文化传统理念之一，代表着古人敬重文化、敬重道德的思想。相传中国文字是由上古黄帝的史官仓颉创造发明的，历代的帝王将相和平民百姓对文化都相当敬重。久而久之，古人认为应当对字纸，即写有文字的纸张表示尊敬和爱惜。在科举制度的影响下，对文化与文字的崇敬，显示出科举社会中士大夫阶层

的重要地位。《燕京旧俗志》记载："污践字纸，即系污蔑孔圣，罪恶极重，倘敢不惜字纸，几乎与不敬神佛、不孝父母同科罪。"敬惜字纸思想中敬重文化的内涵，在当今仍然有重要的现实意义，有助于我们珍惜和弘扬中华文化，增强民族的凝聚力。

在现代社会，经常会看到这样的现象：公交车上，有的人嫌座位脏，随手就拿份报纸垫上，公园里、火车上也随时可以看到把报纸当垫子、当被褥用的人，更有甚者，当手纸用了。

王英杰说，从小时候到现在，他从来不敢坐在报纸或书本上，为什么呢？源于父亲给他讲的一个家族故事。

王英杰的一个太爷爷，他的儿子做到大名府府尹，民国时期任三十八军军需处处长，解放以后在河南省政协工作。而这个太爷爷，有个非常好的习惯，就是敬惜字纸。他经常在外面捡纸，无论是断壁残垣处还是水塘污泥边，只要是写了字的纸片，全都捡回去收集起来，脏了的纸还用水洗涤干净，再全部烧成纸灰。他说："圣人的东西不能随便踩踏。"就这样，从年轻到老，捡了一辈子。

王英杰回忆，父亲经常提起太爷爷敬惜字纸的故事，用来教导他，还告诉他，写过字的纸不能用来包裹食物、糊窗缝，更不能垫屁股，也不能和钱放在一起，所以他从小就养成了敬惜字纸的习惯。

在当今快速发展的市场经济环境下，字纸使用更是无处不在，但知道爱惜、尊重字纸的人已经不多了。一个人对字纸的态度，可以反映出他对知识对文化的态度。字纸是文化和道德的载体，只有尊重文化、尊重道德，社会才能不断发展进步。

## 故事9　街坊早年作恶，一生良心遭责

《太上感应篇》说:“祸福无门,惟人自召。善恶之报,如影随形。”

王英杰回忆，除了父母的言传身教，小时候在炕头边偶然听到的故事，也影响了他五十多年。

王英杰七岁那年，一天早上起来小便时，无意中听到街坊的张爷爷和他父亲的对话，令他浑身一激灵，顿时睡意全消。张爷爷说：“永（王英杰父亲的小名）啊，我怕将来会不得好死，我在马队的时候（旧社会郏县公安局），干过两件坏事，一直压在我心里。

“第一件事：有一天，马队抓来一个年轻人，说是他偷了别人东西，还没有问明缘由，我们就开始严刑拷打。这个年轻人很倔，坚持说不是他偷的，咋用刑都不承认。我们想方设法折磨他，先用一把燃烧的香头烫他的腋窝，后来又吊起来打。年轻人硬是一声不吭，活活被折磨死了。我们不敢把尸首拉出来，怕被人看见，就把尸体大卸八块，装入麻袋里，准备让马驮出去。谁知道马也通灵性，它闻到了血腥味,不肯驮麻袋。老辈人都说,马不驮死尸,灵验得很哪。后来俺几个只好牵头驴来，才把尸体驮出去埋了。

“第二件事：在马队，我有一个换帖大哥（拜把子弟兄）。大哥是大队长，他媳妇在老家有了相好的。大哥整天唉声叹气，我替大哥抱屈，怪嫂子不守妇道，一心想帮大哥惩罚她。有一天，趁大哥不在，年轻气盛的我带着几个要好的弟兄，把大嫂骗到一片高粱地里,把她一枪毙命。当时大嫂苦苦哀求,可我们几个一心替大哥解气,

对她的哀求置之不理。事后大哥知道了，心疼得落泪。人家毕竟是夫妻，有生活多年的感情呢。可是碍于兄弟情面，大哥虽然不高兴，并没有责罚我们。

“现在想想，真是造孽啊！人家的老婆，人家的家事，我凭啥去替人家处理。就算是自己的女儿、自己的姊妹，能保证从不犯错吗？咋能杀了人家啊……”

王英杰至今仍记得当时张爷爷脸上追悔的表情，他边说边叹息：“这两件事石头一样压在我心上，现在年纪大了，更是一闭眼就看见那两个人在向我索命。唉，就算是老天爷不责罚我，我自己也不能饶了自己。”王英杰父亲听了，跟着他一迭声地叹气，却无法安慰他。张爷爷因为年轻时的轻率莽撞，让自己背上了一辈子的良心债。这件事深深刻在年幼的王英杰记忆里。

张爷爷身体虽然一直硬朗无病，但是不久后的一天早上，人们发现他吊死在自家门框上。良心的谴责，让他最终选择自我了断，以此做最后的忏悔。

### 故事 10　长者积德行善，终享五福临门

在中国，过年的时候，人们喜欢在大门上贴个大大的福字，祈愿五福临门。五福临门中的五福源自《尚书·洪范》：一曰寿，二曰富，三曰康宁，四曰攸好德，五曰考终命。所谓寿，是命不夭折而且福寿绵长；所谓富，是钱财富足而且地位尊贵；所谓康宁，是身体健康而且心灵安宁；所谓攸好德，是生性仁善而且宽厚宁静；所

谓考终命，就是善终，能预先知道自己的死期，临命终时，没有遭到横祸，身体没有病痛，心里没有挂碍和烦恼，安详自在地离开人间。五福合起来才能构成幸福美满的人生。

王丙兆就是一个五福老人，长寿、富贵、康宁，注重积德行善，他的人生信念是“好人自有好报”。

王英杰曾经问父亲：“我知道您老人家信奉道家，这个信仰给您带来了什么益处？”

父亲说：“我的体会是八个字——如影随形，如叩随声。我感受到道家先师的教诲好像时刻跟随着我，我也时刻和先师在一起，接受先师的指导。世界上，有些事是能够避免的，有些事通过修为可以转化，有些则不可避免。总之，一个人务必时刻存好心、办好事。其他的，老天自会安排。在旧社会，我经常下乡照相，有时候回来得晚，遇到劫路的。我报上咱家的招牌，说是北街照相馆的，马上就放行了。为啥？人家都知道咱家好行善。”

《中庸》有言：“故大德者必得其位，必得其禄，必得其名，必得其寿。”老人家活了八十一岁，无疾而终。坐在椅子上，面带微笑，乘鹤西归。

老人家去世后，家人一时慌了手脚，不知道咋办才好，王英杰的堂弟建议像对佛门高僧大德一样，先装入缸中三年，然后再安葬。老人家的晚辈们则认为，家里已经备好棺木，还是依照传统习惯，请老人家入土为安。老人能得以善终，安详离开人间，令众多子孙后人非常震撼，也非常欣慰，激励着他们始终不渝地在日行一善、利益众生的道路上前行。

### 故事11 国共分两党，大义共担当

在旧社会，王英杰的父亲王丙兆有几个过命的朋友，一个是国民党保安团团长李秀斋，一个是以教书先生身份出现的共产党地下党员牛子龙。

当时县里的有钱人少，王丙兆开照相馆，在当年算是时髦的行当，只有有钱人才舍得花钱照相。所以，王丙兆和县里的有钱人都很熟悉。不光是李秀斋喜欢到他那里去玩，共产党也喜欢到照相馆去结识人、打探消息。慢慢地，这个国民党官员和共产党干部成了朋友。

李秀斋知道牛子龙的身份吗？王英杰曾经问过父亲。父亲认为其实李秀斋知道他是共产党，只是没有揭穿而已。而且李秀斋为人仗义，能看清大形势。他已经认识到在国民党统治下，吏治腐败，民怨深重，而共产主义信仰给大多数人描绘了美好未来，所以，他身虽在国民党，心却在共产党。

王英杰长大后，父亲告诫他，交朋友就要交李秀斋这样的人。因为李秀斋不仅为人仗义，而且是全县有名的大孝子。任保安团团长期间，李秀斋母亲有一次得了病，茶不思饭不食，找了很多医生都束手无策，不知道是啥病。李秀斋看着母亲一天天消瘦下去，非常着急，有一天，他一个人躲进屋子里，用嘴咬住左臂用匕首割了一块肉，自己简单包扎之后，亲自到厨房里用这块肉给母亲煮了一碗面条。端给母亲以后，多日未进米面的母亲居然有了胃口，把一

碗面吃了下去。之后，母亲病情果真有了好转，一天天康复了。生活中有许多难以用科学解释的奇迹，李秀斋相信这是自己的孝心感动了天地。王丙兆也是个大孝子，他说，李秀斋这样的人可交。

解放后，共产党把郏县的国民党官员都给抓了起来，其中包括李秀斋。王丙兆很替李秀斋捏把汗，托了很多人替他求情。郏县共产党组织要求李秀斋以书面形式交代个人情况。他在交代材料里说：解放前，他曾经救过一位共产党要员。当时，李秀斋接到上级秘密情报，说有一个共产党重要人物路过郏县前往陕西，要求将之秘密抓获。

那名共产党要员被李秀斋部下逮捕之后，说："没错，你抓的就是我。目前国民党如此腐败，马上就要完蛋了。你如果放了我，将来共产党不会忘了你的功劳。"李秀斋经过再三思量，被他说服，派自己最信任的勤务兵（也就是若干年后王英杰的岳父），把这名共产党要员装进一只大麻袋里，用马驮着送出城外，悄悄释放。他这样做是冒了极大风险的，一旦被上级发现，必然会送命。

这份交代材料经调查属实，他所救的那个人解放后在陕西省任重要职务。后来，李秀斋被安排到湖南省湘潭县政协工作，得以安度晚年。

## 母亲的故事

王凤仪先生说："女人是世界的源头，是齐家之本，清国之源。"王英杰的母亲刘水莲，一生勤俭持家，劳作不辍，丈夫照相，她洗照片，是位善良质朴的贤内助。她温和娴静，乐于助人，以德言容工要求自己，为后辈树立了女德的榜样。

### 故事 12　滴水之恩涌泉报，感恩相送二十里

王英杰回忆，小时候，经常有乞丐来家里讨饭。每一次，妈妈都赶紧给他们盛饭，自己家里吃啥给他们盛啥。有一回，看见乞丐来了，王英杰顺手把自己吃剩的半碗饭倒给他。事后，母亲悄悄把他叫到一边批评道："锅里有饭，咋能把你吃剩的饭倒给人家？对人要有恭敬心。要饭的也是爹娘生父母养，也是人，他们要饭是因为眼下没办法，千万不要因此就看轻人家。谁能保证自己一辈子顺当？"接着，妈妈给王英杰讲了一段他爸爸年轻时讨饭的经历。王丙兆十九岁的时候，到安徽做布匹生意，路上碰到土匪，货物被抢劫一空，身上的衣服也被脱得只剩个裤衩，没办法，他从安徽一路讨饭回家，风餐露宿，历尽了艰辛。之所以能留得一条命，全靠一路好心人照看。小小的王英杰从此记住了要尊重一切人，厚待一切人，谁都可能有落难的时候。

1938 年，日本侵略者的铁蹄践踏中原。老百姓四处躲藏，王丙

兆一家人也跑到了离县城三十多里地的吕沟村，跑的时候慌里慌张，几乎什么都没带走。一个多月之后，听说城里基本稳定，刘水莲放心不下城里的照相馆，抱着怀里的孩子准备回去一探究竟。一路上荒草丛生，国破家亡的悲凉笼罩在她心头。走到离家还有二十里左右的时候，她发现一个青年男子正跟着她追过来。眼看离得越来越近，刘水莲心里暗暗叫苦：碰到坏人了！然而，当那个年轻人走近了，能看清对方的脸时，刘水莲放下心来。原来这不是别人，正是以前经常到她家讨饭的小伙子。对方顾不上平息喘气，着急问道："二嫂，我老远就认出你了，赶紧跑过来接你，你咋在这儿？"得知她要进城后，年轻人二话不说，接过刘水莲怀里的孩子，一口气抱了二十多里地。临近城门口，有日本鬼子站岗，刘水莲劝年轻人别进去了，说城里危险。"二嫂，我不怕，你到哪里，我就帮你把孩子送到哪里。"就这样，年轻人一直把刘水莲和孩子送到照相馆才离开。

### 故事 13　爱国护家不畏死，智斗日本小鬼子

天下兴亡，匹夫有责。中原沦陷以后，为了躲避鬼子，王丙兆一家人逃到了乡下。

东躲西藏中，王丙兆听人说："日本鬼子开始发良民证了，让大家拿着铁铜去照相。"为啥要铁铜？听说，他们要用这些东西造枪炮子弹。

当时，鲁山、宝丰、郏县三个县，只有王丙兆这一家照相馆。只要回到家中，日本鬼子肯定会逼着他们给乡亲们照相。不照相吧，

日本鬼子岂能答应？肉拳哪斗得过子弹？若照相，那可就是在帮日本鬼子对付中国人啊！夫妻俩日夜睡不着觉，最后终于想出了应对办法，他们趁夜深人静时，在院子里挖个坑，将照相器材埋在地下，不久照相机镜头受潮起雾，不能用了。

一个多月后，怀着忐忑不安的心情，王丙兆带着一家老小从乡下回到城里。一天上午，王丙兆刚走出门去办事，鬼子就带着人闯进了家里。鬼子队长挎着东洋大刀，杀气逼人，对着一家人叽里呱啦地喊叫。一旁的翻译官解释说："太君说了，以后你们继续开照相馆，不收老百姓的钱，金票由他出，谁来照相都收铁和铜。"

王英杰的母亲刘水莲一听，便明白了小鬼子的如意算盘。心想："你们想得美！让我收铜收铁，你们造枪造炮再打我们中国人，没门！"她马上做出一副惋惜的表情，对鬼子说："哎哟，我们跑出去的时候，把照相机埋在地下，等挖出来一看，全都生锈沤坏了。"鬼子一听急了，抽出明晃晃的东洋刀大吼大叫："你的良心大大地坏了！"家里孩子们一个个吓得哇哇乱哭，刘水莲临危不惧，不慌不忙，滴水不漏地解释道："确实坏了，确实坏了，俺当家哩也心疼得不行。可坏了就是坏了，不信，我回乡下把那生锈家什拿回来，让你们看看？"翻译官把她的话告诉了鬼子，鬼子队长也没有办法，把刀收起来，气冲冲地走了。从此，刘水莲开始了改行谋生的日子。

### 故事 14　自己修行自己好，赠鞋结缘开封人

鬼子队长走后，王丙兆一家不敢再开照相馆了。刘水莲和家人

就靠一双勤劳的手，纳鞋底，做布鞋，日夜操劳，以此为生。据王英杰家人回忆，那时家里到处都挂满了鞋，大的小的一嘟噜一串的，后来太多了没地儿挂，就装进麻袋堆在屋子里。当时，为了阻止日军前进的步伐，国民党部队炸开了黄河，淹没了大片地区。黄泛区百姓死的死，逃的逃，王英杰的家乡郏县也涌来大批灾民，其中以开封地区的人居多，这些难民大多是要逃往宝鸡方向。王英杰母亲不顾自己一家生活的艰难，把成麻袋新崭崭的鞋全部拿出来，大鞋给大人穿，小鞋给小孩穿，免费送给那些光着脚流离失所的灾民。

时间过了几十年，王英杰夫妇在开封努力打拼，终于发家致富之后，把父母接到开封安享晚年。母亲刘水莲回忆起当年把鞋送给开封人的事，老太太感慨道："这一辈子，做梦也没想到会来开封。孩子在哪里，哪里就是娘住的地方。自己修路自己走。几十年前娘给开封人做鞋，今天儿子在开封创业扎根，娘喝开封人的水。这是早年修的福报啊！"

古人道："自己因果自己了，自己修行自己好。"可不就是这么回事吗？

### 故事 15　一念仁心起，土改划中农

王英杰母亲曾经给他讲过一个老尼姑的故事。1940 年，有一次母亲去烧香，一位老年比丘尼看她拜佛很虔诚，悄悄跟她说："来来来，我告诉你几句话。"老尼姑说："大西天降下了明珠一颗，明光耀照满山河，若有人将此道一眼识破，才能够跳出这地网天罗。"究竟什

么意思，这位师父没有讲，只让母亲一定牢记，自己好好体悟。后来，母亲经常念叨这几句话。她常说："钱，不花出去不叫钱，花出去了才叫钱。消了财，积了福。不管是你花了，还是别人花了，谁花了谁念你的福气。"母亲这种体悟帮王家躲过了后来的劫难。

1942年，河南遭遇了自然灾害，冯小刚的电影《一九四二》描述的就是当时的情景。那年一春无雨，麦收只有往年的一二成。麦后人心惶惶，但又寄希望于秋收。孰知一夏又未下雨，早秋的庄稼苗几乎全部枯死，即使有些地方勉强种上苗，也因为雨不及时，播种太晚，禾苗纵然尚茂，并不结实生籽。这次大灾遍及全省，没有一个地方能够幸免。祸不单行，夏秋之交，蝗虫又复为害，漫山遍野，密密麻麻。为了活命，百姓有挖草根的，有捋树叶的，也有剥树皮的。电影中，一对夫妇因无法生活，妻子被卖掉，分手时，妻子对丈夫说："来，我的棉裤囫囵一点，咱俩脱下来换换吧！"丈夫听了此话，与妻子抱头痛哭说："不卖你了，死也要死在一块儿！"当时只拿几个蒸馍，即可换得一个小孩，凄惨情形令人泪下！

在河南郑县，不少人为了活命，家里有地的把自己的土地都廉价卖了。王英杰家也买了些田地。当时，王英杰母亲刘水莲觉得地是不动产，别人抢不走，可以留给子孙后代做永世的产业。后来，灾年过去，逃荒的人们回到家乡。农民没有地就没有活路啊，他们中有人抱着试试看的想法，来到王英杰家，想赎回土地继续耕种。

王丙兆夫妻商量后决定：买来的土地，一律按照原价赎回，归还地契。特别困难的家庭一时没钱赎地的，只要原业主想要，也还给人家先种着。卖地的人们非常感激，把这一份恩情深深装在心里。

几年之后，河南解放，每个家庭都要划定成分。本来王英杰家土地较多，生活条件好，有好几辆进口的自行车，照常理该划为地主成分。但在划成分时，由于土地大部分都归还给了原主，是别人家在种，还有些剩下的土地，工作组一问归属，乡亲们都心领神会地主动认领："这块儿地是俺家的。""那块儿是俺的地。"在他们看来，王家是好人，不能让他们家被划成地主。就这样，王英杰家最终被划为中农。

为此事刘水莲曾多次教导孩子们说："人活在世，一定要时刻存好心、办好事。人心都是肉长的，你帮过人家，人家有机会也会帮你，关键时刻，会有意想不到的大用场。"

王英杰夫妇最初花钱办学，很多人不理解，但是他们自己明白内心追求的是什么。诚如母亲所言，要跳出金钱编织的地网天罗。钱多了，不见得能给人带来快乐。很多人也许很有钱，但他们内心的煎熬别人不知道。在弘扬推广传统文化这几年里，王英杰夫妇感到自己心中烦恼少了，快乐多了，心情舒畅了，得到了社会更多的尊重。

做善事与做守财奴相比，哪个更值得？

天将降大任于斯人也，必先苦其心志，劳其筋骨，饿其体肤，空乏其身，行拂乱其所为，所以动心忍性，增益其所不能。

——《孟子》

为天地立心，为生民立命，为往圣继绝学，为万世开太平。

——北宋大儒 张载

# 第二篇　传承：秉持家风，正己助人

王英杰说，老祖宗告诉我们，遗金于子孙，子孙未必能守；遗书于子孙，子孙未必能读；不如于冥冥中积阴德，以为子孙长久之计。我也学父母，把德行留给子孙后代。而王英杰的后代也默默地把父母的德行心愿变成了自己的修养和行动。

❷

❶ 王英杰在车站工作时的照片

❷ 儿时与母亲的合影

❸ 当时的住房只有 8 平方

❶

❸

### 故事16　敬惜岗位擦道岔，奋勇争先被提干

1976年，二十二岁的王英杰作为知识青年，从他的家乡河南郏县被招工到开封铁路车务段，在陇海铁路线上的芦医庙车站当了一名扳道工。那是一个偏僻的小站，他每天的任务就是清扫道岔，除了认真做好这项工作，他经常拿着纱布，蘸着机油，去擦道岔。

王英杰热爱这份工作，他负责的那段道岔，有十米多长，锈迹斑斑的，大家都习以为常，也从来没有人想过去擦拭。其实这样的道岔擦不擦，火车轮子照样在上面飞奔疾驰。但王英杰觉得眼前这段整天滑动的道岔，生着铁锈实在不好看。他每天都要用上几个小时把这段道岔擦得锃亮锃亮，这时，他心里有说不出的高兴。他对工作充满热情，那种油然而生的自豪感，伴随着一列列火车的飞驰，在轨道上延伸向无尽的远方。春夏秋冬，天天如此。那段擦得闪闪发光的道岔，成为他闪光人生的起点。

一次，铁路局领导来视察工作，看到了那段锃明发亮的轨道，惊讶极了，当场就问陪同人员，这段铁轨是谁负责的。这位领导在铁路上工作了很多年，走遍了东西南北难以计数的铁路线，还没有看到过这样亮闪闪的道岔，他被这种敬业精神深深感动了。接着，这位领导推开扳道房，看到小小的工作间里，不仅收拾得干净利落，墙上还写着醒目的大字："身在扳道房，胸怀全世界。"这字正是王英杰写的。领导望着面前憨厚朴实又充满朝气的年轻人，打心眼儿

里喜欢。回到单位，他对身边的工作人员说：“好好整理一下那个小伙子的材料，好好宣传他的事迹。”

受到表扬的王英杰，工作热情更加高涨。不久，芦医庙车站的一个石油罐发生了泄漏，石油如泉水一样往外涌出。不能让国家的财产受损失！王英杰看到后急忙冲上去，脱下秋衣就去堵。经过一番紧张奋战，几十吨的石油没再泄漏，他却变成了一个“黑人”，油液顺着身体往下流……

从此，王英杰的名字响了起来。开封车务段、郑州铁路局工会、共青团等纷纷对他进行表彰，奖状发了一张又一张。

两个月后，王英杰被抽调到机关工作，不久转为干部。

### 故事 17　青梅竹马两无猜，革命婚礼俭朴来

《朱子治家格言》里说：“嫁女择佳婿，毋索重聘；娶媳求淑女，勿计厚奁。”

王英杰和他的夫人李秀亭可谓是青梅竹马，两小无猜。为什么这么说呢？王英杰的父亲王丙兆解放前是郑县的名人，他和当时的县保安团团长李秀斋是过命的朋友。李秀斋的年轻勤务兵一表人才，为人忠厚老实，经常跟随团长到王丙兆家串门。

当年让日寇闻风丧胆的传奇特工牛子龙，后来在开封山陕甘会馆刺杀了侵华日军华北五省特务机关长、日本裕仁天皇外甥吉川贞佐少将的吴凤翔，都是王丙兆家的常客，经常在王家喝酒打牌。虽然李秀斋和他们分属国共两党阵营，但是李秀斋已经敏锐地认识到

国民党腐朽透顶，共产党才是中国人民的救星，他多次冒着生命危险，违抗上级命令，派勤务兵偷偷释放、送走地下党要员。

解放后，李秀斋被组织安排到湖南湘潭县政协任职。他的勤务员留在家乡郏县，经常与王家来往走动。王英杰家兄弟姊妹多，他和李秀亭年龄相当，从小就熟悉，等他们都长大了，双方家庭知根知底，两个年轻人又情投意合，家长决定尊重他们的选择，王英杰的岳父主动托人来提亲。

王英杰结婚的时候，正值文革“破四旧立四新”，也就是破“旧思想、旧文化、旧道德、旧风俗”，立“新思想、新文化、新道德、新风俗”，提倡一切从简，没有现在年轻人结婚时的酒店婚宴，也没有鞭炮齐鸣和车队迎亲。

新娘李秀亭扛着一把耙子，在亲人的护送下，来到王英杰家里。

“斗私批修干革命，一鞠躬！革命夫妻心向党，二鞠躬！愿伟大领袖毛主席万寿无疆，三鞠躬！”

在大队支书的主持下，夫妻俩对着毛主席像，鞠了三个躬，就算完成典礼了。尽管经济上不富裕，政策也不允许大操大办，王英杰的父母还是尽可能把婚宴张罗得热闹些。请来亲戚朋友们欢聚一起，待了十几桌客人。在喜庆热闹中，王英杰夫妇度过了他们最幸福的一天。

说起彩礼，王英杰回忆，婚前，李秀亭想让他给买台缝纫机，但这台缝纫机直到结婚那天也没买来。当时家里穷，实在买不起呀！可是李秀亭从没有一句怨言。

婚后两年，王英杰参加了工作，远离家乡。四年后，工作稳定了，才把妻子和两个孩子接到身边，暂时住在车站的看货小屋中，尽管只有小小的八平方米，但一家人其乐融融，也觉得幸福温暖。

他说，那时候在铁路上工作，顺道搭车很方便，经常坐火车去信阳买大米，图的是信阳大米便宜。其实开封的大米，比信阳大米劲道好吃。没办法呗，穷啊，整天不是大葱炒米，就是米炒大葱。能填饱肚子，就不错啦！

为了贴补家用，李秀亭干起了男人的粗活，拉煤球、卸片石、卸煤、装西瓜，经常干得头晕眼昏。她不仅能吃苦，还勤俭持家。

有一次，王英杰夫妻蹬了一天三轮车。天黑的时候，走到一个卖烧鸡的地方，闻着扑鼻的香味，馋得王英杰直流口水，脚也迈不动了。心里纠结了半天，他对李秀亭说："买只烧鸡吃吃呗。"

李秀亭断然拒绝："不买。"

"买半只？"

"半只也不买。"

……

王英杰想，妻子也是干一天活，自己也是干一天活，自己咋就那么馋哩。老人们说"填坑不用好土"，吃饱就行了，还非吃肉干啥？他咽了口唾沫，跟着李秀亭回家了。

有一段时间，王英杰觉得妻子太过节俭，要求自己管钱。结果，他才管了半个月，就把一个月的收入都花光了。回忆起这段经历，王英杰感叹道：多少年来，我就当过半个月的家，还是我自己主动卸任的。

### 故事18　施恩不图报，助人永不悔

《太上感应篇》中有句话："施恩不求报，与人不追悔。"

1977年，王英杰还是陇海铁路上芦医庙火车站的一名扳道工。一天，他正忙着工作，面前突然出现两名旅客，满脸愁容，哀求他说："俺是商丘县水泥厂的推销员，外出推销，没想到，随身带的钱全被偷走了，连家也回不了。请师傅您行行好，借给俺点路费吧，回头俺一定还您。"

见两人如此落魄，手里还拿着水泥袋子，王英杰心软了。他领着两个人回到站里，东拼西借，凑了四十八元钱，交到他们手中，说："赶快买票回家吧。"两人千恩万谢，临走时还留下了他的地址，记下了车站的电话，说是到了家就把钱给他寄回来。

可令王英杰想不到的是，那两个人一去不复返，再也没有音讯。

这件事，让王英杰心里很不高兴。他当时一个月的工资才二十四元，每月寄给父母十元钱，这下子不能寄了。他写信向父亲倾诉了自己的"遭遇"，父亲在回信中非但没有半点责备，还鼓励他说："只要你觉得做的是善事，就应该勇猛去办，咱不图回报，不怕吃亏。"他受到鼓励，在下一封信中向父亲表态说："我一定记住您的话，再碰上这样的事情，我还要去办。"

父亲的教导时刻记在心上，父亲还推荐了两本书给他看。一本《因是子静坐养生法》，是教人锻炼身体、强壮体魄的好书。另一本《集

福消灾之道》，是教人日行一善的。

这两本书对王英杰影响极大。静坐养生法，王英杰已经坚持了几十年。如何做到一日一善呢？自己给自己立下的规矩一定得办到。有时候不知道该干啥，在街上看到要饭的，给人家两毛钱，也算是一件。现在社会发展，生活水平提高了，拉架子车的人少了，但王英杰年轻时，拉架子车的人很多，大南门那里有个陡坡，经常有拉车的人到了那里拉不上去，他有空就到大南门坡下边，帮人推架子车，也算是做善事一件。

这样日积月累，王英杰做善事形成了习惯，直到今天，他夫妇二人带领全家创办敦复书院回报社会，也是必然。

他生意成功后，每年冬天，都会买些棉衣放在汽车后背箱里，在路上遇到乞丐或衣服单薄的人，就赠送一件。

有一天北风呼啸，他在金耀路上看到一位收废品的老先生，衣服单薄，他停下车，拿出一件棉衣送给老人。这位老先生却说："我不要，家里有。"

"你咋穿得这么少？可别冻病了。"老先生说："清早在大梁门的门洞里看见个要饭的，蜷缩着身子冻得受不住，就把我的棉衣脱给他了。"老人的话深深地打动了王英杰。他把棉衣恭恭敬敬双手捧着送给老者。老先生只好接过棉衣穿到身上，成全他的好意。

后来，王英杰反复思忖这件事。他说，我不如这位老者。我有多余的棉衣才送给了别人，我能做到把自己仅有的棉衣脱下来送给需要的人吗？老者虽身处卑微，靠收废品谋生，可是他的心地，实在高尚呀！

王英杰常说："做好事不是有钱人的专利，没有钱照样可以做，只要你有愿心，肯去做，尽己所能，就可以了。最重要的是永远存着善心善念。"

### 故事 19　人有善感，天有福应

王英杰常说，永远不要忘了曾经帮助过你的人。上个世纪八十年代，他认识了常永春老师。有一次，常老师到他家串门，看到他一家四口人住在不足十五平方米的房子里，每个月只有王英杰一个人二十九斤粮食标准，爱人和两个女儿没户口，生活很困难。第二天，常老师悄悄发动朋友们给王英杰凑粮票。你一斤，他二斤，共凑了六十斤粮票，送到王英杰家中。三十多年过去了，王英杰从没忘记众人帮贫济困的情义，这也是他后来回馈社会的原动力之一。如今，王英杰常带着学生去看常老师夫妇，以实际行动教育孩子们：滴水之恩没齿难忘，回馈社会情理之中。

1976 年，有一天王英杰在乘火车外出办事后回芦医庙车站，在同一车厢的门口，碰见一对年轻夫妇满面悲戚，女的眼里含着泪，紧紧抱着一个不足一岁的孩子。王英杰问他们怎么了，男的说：大老远带孩子来治病，没治好，夭折了。听说他们家还很远，王英杰怕他们伤心过度，也怕其他乘客知道了不安心，就小心地问："前面就是我工作的车站，你们愿不愿意找个合适的地方，让孩子入土为安？"夫妇俩点点头。到站后，王英杰托人帮忙，将孩子安葬。又给他们夫妇做了饭，送他们上车返程。后来他们寄来一封给好心人“王杰英”的感谢信。萍水相逢，他们连王英杰的名字都弄不准呢。

1989 年秋，王英杰的单位派他和几个同事去大同卖面粉，事先说好的价格，没想到货到大同后，对方毁约，把每袋面粉的价格压了一块五。因为怕回去没法向领导交差，生意谈掰了。一火车面粉两千四百袋，共计六十吨，全部卸在一个兄弟单位的仓库里。

王英杰回忆：为了创牌子，占领市场，我们运来的面粉那是真好啊，但卸在仓库里便成了“货到地头死”。

王英杰跑遍大同大大小小的煤矿，说干了嘴，跑断了腿，鞋底都快磨破了，二十四天才卖出五吨面，占总货物的十二分之一。担心存放时间长了，面粉会受潮变质，王英杰肩上像压了一座大山。第二十四天，刚好是农历十五，为了散心，王英杰去寺院拜佛。一路走一路打听，他找到大同的上下寺院，挨着给每尊佛像磕磕头。

在坐公共汽车返回的时候，不知道咋回事，他坐过了一站。一站的路不算远，他下车后步行回住处。途中看到路边有个大同市议价粮总行，王英杰眼睛一亮，心头又燃起了希望。他推门进去一看，墙上的钟表已指向十一点五十五分，人家正要下班。王英杰迎面遇到粮行的负责人，便问：“我有一车面，你们要不要？”

“你是哪儿来的？面在哪里？”

“开封来的，面在 616 仓库。”

“来找我们卖面的人可多了，我们正打算买一批。你能当家吗？多少钱一袋？”

“三十三元。”

“开封面好。成交。咱们先吃饭去。”

王英杰没想到，这么快就把剩下的面粉全卖掉了，负责人还带他去吃了顿饭。之后，几辆汽车跟着他到仓库拉面粉，点数。赶在银行下班之前，对方到银行把钱也汇兑给了他。王英杰高兴得好像吃了蜜似的，连夜坐火车赶回开封。

坐在火车上，看着逐渐远去的大同风景，王英杰感慨万千：这批面粉，不要说是三十三元，就是二十九元我也卖，因为后来领导交代我，给钱就卖，不能让面压在手里霉变了。

想想他又觉得蹊跷，自己整天汽车上来汽车上往的，从来没有坐过站，可要是不坐过站，咋能遇到这个粮行？

在别人看来，汽车过站不过是一次偶然。在王英杰看来，却是果报。存好心，行善事，不责人，有敬畏，众多善念聚合，就像美国电影《秘密》里的观点，想什么，就会实现什么。这更坚定了王英杰积德行善的信念。

## 故事20　哪怕自己债累累，不忍毁掉欠账人

《增广贤文》里说：“亏人是祸，饶人是福，乘除加减，报应甚速。”

改革开放后，经济市场开始日渐活跃。由于勤劳肯干，群众基础好，王英杰受上级任命，当上了开封车务段劳动服务公司经营部的负责人。他廉洁自律，坚持食素，当了八年经理，应酬中他没端过一杯酒，没夹过一块肉，整天考虑着如何扩大业务。而在当时，

公司还属于国有体制，要想进人市场，没有资金怎么办？王英杰只好从亲朋好友家借，从自己单位职工内部筹措。

前些年社会风气不好，很多人不讲诚信，甚至有人以能坑蒙拐骗为荣，觉得那是自己的本事，坑了谁谁倒霉，市场竞争中存在尔虞我诈。有一次，公司副经理带着人在东北谈生意时，一个疏忽被人骗走了一百多万元。当时，王英杰的上级主管领导被提拔，要上调赴任，在这个关口，王英杰心想，不能辜负组织对自己的培养，更不能给领导带来麻烦，影响人家的前程。

咬咬牙，王英杰决定个人承担全部亏损，内退回家。他取出家里所有的积蓄，卖掉自家的汽车、房子——这可是他爱人多年苦心经营挣钱买的。可是还不够，他又四处求亲拜友，贷款还账。等把单位的账还清了，他开始四处讨要别人欠自己的账。

谁知屋漏偏遭连阴雨，他又摔伤了腿。他反思，是不是自己德行有亏？决定修路积德。反复斟酌后，他选定一家欠他十万元的债务人，他们村的主干道坑坑洼洼，很有必要修一修。王英杰请人测算，修那段路十万元足够了，他找到该村的支部书记和欠账人，说明来意，愿把十万元债权回馈该村修路使用，当时三方都认为合适。谁知半个月后，欠账人变卦了，既不肯还这笔钱，也不肯修路。王英杰奔波数次无果，气得说：怎么能这样，就不怕因果报应吗？

王英杰在人生最低谷的时期，单位领导把王英杰当经理期间上缴的利润退还给王英杰，王英杰由衷地感谢领导的这个举动。但是塌下的窟窿太大了！王英杰形容自己好像跌进深渊一样。

那些年要账真难啊！要账的像孙子，欠钱的反倒成了大爷。最难熬的时候，王英杰真是连死的心都有。

欠款中有一笔是原劳动服务公司副经理介绍的，借钱的是副经理的一位朋友，数额十万元。借钱时说得天花乱坠，亲哥哥亲弟弟叫得热乎，拍着胸脯说只借几天应应急，很快就还。可是借时容易还时难。人家拿着钱一走不回头，王英杰风里来雨里去，像侦察兵一样找这位债务人。

有一次，好不容易看见欠债人和一帮朋友在路边吃饭，他喜出望外，总算找到人了。然而，“还账”两个字还未说出口，欠债的人便恼羞成怒，抡起拳头要打人。和他一起吃饭的朋友以为王英杰是来闹事的，也一个个怒目圆睁、张牙舞爪。王英杰看势头不对，眼瞅着要挨打，赶紧从口袋里掏出那人当年写的借条，让在座的人看。欠债人的朋友们面面相觑，看出是己方理亏，这才作罢。但是还钱的事，还是只字不提。唉！你说生气不生气？钱没有要回来，还差点挨揍。

曾经，王英杰抱着老思想，认为这人是老同事的好朋友，曾经和自己称兄道弟的，怎么也不至于对簿公堂、闹上法庭。可是时代不同了，人家不跟咱讲理，更不讲“礼”。实在没办法，王英杰只得走法律程序。铁路运输法院的执法人员告诉王英杰，一旦发现欠债人，可立即通知法警将其拘留。经过多方探听，王英杰得知那个人某天要送一位重要客户乘火车去北京。他及时向法院报告，法警队也做了安排，一再交代执法人员注意保密。

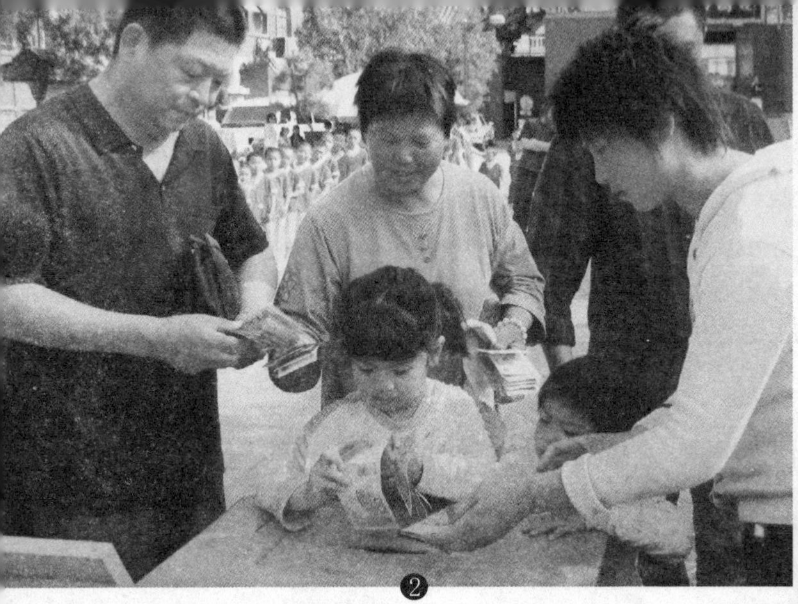

②

①

❶ 王英杰看望敬老院的老人

❷ 2008 年为汶川地震捐款

❸ 逢年过节王英杰就带着学生们看望养老院的老人

③

可在这期间，王英杰的思想动摇了。他脑子里浮现出欠债人被拘留后的场景：当着客户的面多丢人啊，弄砸了他的生意对自己有什么好？思前想后，他又想起了父母的教诲，得饶人处且饶人。“他纵然有错，赖账不还，也不能整垮他啊！”王英杰心软了，马上给欠债人打电话，告诉他务必派别人去火车站送客户。

事后那个人问王英杰，为什么要告诉他这个秘密。王英杰说：“我的目的是讨回公司债务，不是害你倒霉，也不想和你结怨。”知道了事情原委，对方良心有所发现，信誓旦旦地说：“你放心吧，大哥，我一定以最快速度把钱还给你。”这一次，对方说到做到，几个月后，十万元的债务全部还清了。

事情总算得到了圆满解决。之后，这个人离开了开封，多年过去了，王英杰再没有见过他。

### 故事 21　诚实守信河南人，无形资产真如山

王英杰夫妇在外边要账要了两年，能要回来的很有限，要不回来的也没办法，大多变成了死账。最后一次要账未果，准备回家的时候，夫妇俩坐在冷冰冰的丹东火车站，有那么一刹那，王英杰陷入了极度的绝望。他感觉自己的魂魄好像离开了身体，两只眼睛直勾勾的，对自己四十多年的人生选择产生了怀疑。这时候，他听见爱人李秀亭在他耳边轻轻说：“别怕，没啥了不起，大不了，咱还回去拉架子车挣钱还账。”就是这句话，唤回了他的魂魄。他一下子醒过神来，脑子里冒出的第一个念头，是他永远不会改变的誓言：“一

辈子不辜负你，我的夫人！”

两年的要账奔波生涯锻炼了王英杰，使他增长了见识。但以后生活怎么办，路该怎么走，他还没有找到目标。爱人李秀亭看他无所事事，整天跟别人下棋打发时间，心里着急，就托朋友介绍他去给棉麻公司看大门，一个月能挣六百元。王英杰一口拒绝了。他虽然陷入了事业低谷，但依然怀着东山再起的决心。他暗暗对自己说：我的人生价值绝不局限于一个月挣六百块钱，我的未来也不在看大门的位置上。他积极研究国家政策和市场走向，无时无刻不在寻找属于自己的机会。

不久，一位以前的同事来求他帮忙，他说：“别开玩笑了，我赋闲在家，平头老百姓一个，能帮你啥忙？”

那位老同事说：“王经理，在朋友眼里，您身后有一座大山，那就是您的诚信担当，这是您最雄厚的资产。”他的话令王英杰如醍醐灌顶一般，萌发了重新投身商海的念头。

凭着好口碑，王英杰在朋友们的帮助下开始做粮食生意，厘中赚钱，量里取胜。良好的信誉使王英杰的经营效益直线上升，日子一天天富起来，直到成为拥有数千万资产的老板。

越是诚信经营，越是客户盈门，五湖四海的朋友涌向开封这个人杰地灵的地方。漳州的黄文江、玉林的兰世权、广州的潘永利、四川的谢应川、耒阳的贺东红等，这些在国内粮食界颇有影响的精英们都和王英杰交上了朋友。

他们信任他，前些年社会上很多段子编排河南骗子多，可他们就认定了王英杰这个为人实诚的河南朋友，经常把整麻袋的现钞寄存在他这里，托他在行情好时买粮食，进货发货。王英杰实事求是，账目清晰，从未出过一分钱差错。王英杰只赚取合理的利润，帮助各地在开封做粮食生意的商人调剂货物，共同发财，大家不仅是合作伙伴，更成为能够交心的朋友。靠着他的诚信，王英杰生意做得风生水起。

有一次，一位外地商人的货物托王英杰在开封火车站中转运输。在电话中沟通时，对方告诉王英杰，由于天气不好导致货物积压时间过长，对方非但没有盈利，而且已经亏损。王英杰和爱人商量说，要赚钱一起赚，不能让跟自己做生意的人吃亏。夫妻俩给对方汇货款时，在没有和对方商量的情况下，把自己盈利的三分之一也汇给了对方。对方收到货款，问明多出款项的原因后十分激动，从此更是源源不断地发货到开封，委托王英杰根据市场情况全权处理。

审视过去，王英杰反思：他的成功在于诚信、友善、感恩六个字，是诚信使他重新发展起来；是支持和帮助过他的朋友，真挚的友情使他在经营中得到丰厚回报；感恩曾经欺骗过他的人，没有这些人的欺骗，令他一败涂地，他可能至今还在原单位上班，拿着微薄的工资，根本没能力创办今天的敦复书院，也无法实现推广传统文化的梦想。

古人云：祸福相依。诚哉斯言。

## 故事 22　澡堂救少女，洁身不沾泥

《太上感应篇》云：“不履邪径，不欺暗室……所谓善人，人皆敬之，天道佑之，福禄随之。”

上世纪九十年代，靠着良好的信誉和在铁路部门工作时积累起来的人脉，王英杰的生意做得风生水起。那时候，人民币最大的面额是十块的，他赚钱后，经常提着一大袋子钱回家。他始终记着父亲的教诲，不露富，免招贼。为了安全起见，他总是把钱装在普通的厚编织袋里，可以随拿随放，不容易引起别人注意。

有一次，王英杰从外地收账回来，提着一袋子货款回家。他衣着朴素，看上去也就是个打工的，像是买了一袋子东西。路过一家洗浴中心时，他想，这次外出忙了好几天，又困又乏，这时候已经大半夜了，回家洗澡也不方便，打算在这里好好泡个澡，歇歇再回去。他背着东西拐了进去，办理好手续，服务员给他打开一个小房间。他待服务员出去后，把钱袋子推到了床底下，看上去确保安全了，才锁好门进了澡堂。

半个小时后，王英杰洗完澡，准备回房休息休息。这时候，澡堂老板冲他一笑，说：“兄弟，洗完澡做个按摩吧，舒筋活骨，又解乏又健康！”在外奔波了几天的王英杰问：“按摩一次多少钱？”老板说：“十块钱。”王英杰心想，反正也不贵，找个师傅按按也好，就答应了。

“笃笃笃”，不一会儿，房间门被敲响了。王英杰估计是按摩的师傅来了，就请他进来。谁知道，门开了，想象中的男按摩师没有出现，

进来的竟然是个十八九岁的姑娘，面目清秀，亭亭玉立。还没等他反应过来，那姑娘就进屋关上了门，面带羞涩地就要脱衣服。

第一次遇到这种事儿，感觉十分尴尬。王英杰明白了，这个“按摩”不是他理解的按摩。他马上制止她说：“丫头，你小小年纪怎么做这个行当！能对得起父母吗？以后还怎么嫁人？”

姑娘的脸刷地红了，惭愧地低下了头。看到姑娘生起了愧疚心，王英杰请她坐在椅子上，跟姑娘聊了起来，了解她干这一行的缘由。

原来，姑娘家里刚盖了三间正屋一间厨房，父母欠了别人四千元，由于家里收入有限，还款遥遥无期，父母整天愁眉紧锁。她决定替父母分忧，外出打工。离家的时候，她跟父母说，等挣到了四千块钱，她就回家。可是来到开封后，由于没有一技之长，她找不到合适的工作。后来，有人便介绍她来到了澡堂。这是她正式上班的第一天。

得知姑娘是个孝女，王英杰动了恻隐之心，问她：“如果现在有人给你四千元，你能不干这个活儿吗？”“谁愿意干这种事儿？可是，天上也不会掉下来馅饼啊，我到哪儿能找到这么多钱？我说过要挣够四千，替家里还账的。”姑娘噙着眼泪说。

当时四千元可不是小数目，那时候一个机关中层干部每个月的工资才二百多元。在她看来，眼前的王英杰不像是个有钱人。即便有，谁会把这样一大笔钱拱手送给素不相识的人？姑娘面色忧郁，两眼无神。

王英杰一阵心疼。年轻女孩子在这样的环境里混下去，哪还能有光明的未来？她现在用青春换取钞票，必然会赌上一生的幸福。

王英杰从床底下拉出大编织袋，从中拿出四沓钱，共计四千元，递给这个姑娘，说："你回家吧，好好学个正经本事，好好过日子。"

说完，他对着愣呆呆的姑娘笑了笑，背起编织袋离开澡堂，回家去了。

第二天，他叫人又去澡堂打听，老板说，那姑娘已经辞职走了。王英杰这才放下心。

三年后的一天，王英杰突然接到一个电话，电话里的女声问："您是王英杰吗？"

"是。你是谁？"

"您三年前在一个洗浴中心帮过一个女孩，您还记得吗？"

"嗯。有这回事。"

"我就是三年前在洗浴中心里被您救过的那个女孩啊！我想到开封去看看您。"

"不中，不中。你一个年轻姑娘家，来看我，我对我家里人可就说不清楚了。过去的事情，过去就算了，你不用来，不用来！我现在正忙着，你不用再打电话啦，好好过你的日子吧。"电话里听得出，姑娘非常感激，但王英杰觉得做好事不图报，才是真好，坚决不同意姑娘专程来感谢自己。

姑娘在电话里说："您先别挂电话，一定要等我说完。您是我接触的第一位客人，您的帮助免去了我一生的羞耻。回到家第一件事，就是给您立了一个牌位，把您的名字恭恭敬敬写在上面，三年来，每天早上我起床第一件事，是给您的牌位叩三个头，烧三炷香，日日为您祈祷，祝您发财，发大财。您的大恩无以为报，我会永远为您祈祷……”姑娘说不下去了，在她的哽咽声中，王英杰默默挂断了电话。

这件事令他十分震撼，他想：“咱给人家一点帮助，人家还咱的是无限光明啊。”他更加坚定了信心，好事今后要继续办下去。人间自有真情在，只要你真诚地对待别人，别人也一定会真诚地对待你。

“爱出者爱返，福往者福来。”这几年生意出乎意料地好，难道是因为这个姑娘发自内心的祝愿吗？

### 故事23　娘是金口，吃谁谁有

《孝经》说：“孝悌之至，通于神明，光于四海，无所不通。”

炎炎盛夏，热气蒸腾。小时候没有电扇，更没有空调，父母亲在照相馆里给人拍照、冲洗照片，热得汗流浃背。刚满六岁的小英杰看见了，手持蒲扇站在父母身旁，不停地扇啊扇。别人问他，你只扇爸妈不扇自己，你自己不热吗？他说：“爸妈凉快，我就凉快！”

数九隆冬，寒风呼啸，二十岁的王英杰为了替家里挣钱，每天晚上去旅馆的停车场为过往的货车看车，每次熬通宵，一晚上的报酬是五元钱。天亮时下班，他拿到挣来的五元钱，赶紧跑到街上买些包子油条或鸡肝羊肝，带回家给妈妈吃。因为医生说肝主目，吃点肝对眼睛有好处。当时妈妈刚做过白内障手术，由于及时得到补养，很快就得以康复。

工作后，王英杰夫妇和两个女儿一家四口人，住在仅有八平方米的小屋里。当时全家靠他每个月三十元的工资维持生活，他每个月还要给老家父母寄十元钱，日子过得紧巴巴。下班后，夫妻俩得打零工挣钱补贴家用，晚上他们哄睡孩子后，一起跑很远的路去给花棚拉花、给货场盘煤，挣个力气钱。后来随着工资的增加，他每月寄给家里的钱从十元、二十元，增加到一百元。夏天打电话时，父亲偶然说家里太热,他二话没说,就花两千多元为父母装上了空调。而此时王英杰的小家里，电风扇还没用上呢。

后来，他做生意成功后，把母亲接到了开封。他看到街上有专门为女士服务的美容按摩院，很想让母亲也享受享受现代人的生活。他开着车来到当时开封市最高档的美容院，拜访了那里的负责人，说明来意。美容院院长被王英杰的孝心感动，亲自接待并服务了她有生以来最高寿的一位客户。她认真为老人进行了两个多小时的按摩。老太太说特别舒坦，能享受这一次，一辈子都值了。

天有不测风云。2000年，八十六岁的老母亲患病卧床不起，王英杰立即把她接到自己家中。兄弟姊妹七人，他排行最小，姊妹们表示老人要由大家一起养，但是王英杰要求承担奉养母亲医疗、生活的全部费用，令他的哥哥和姐姐深受感动，争着对老母亲尽孝。

孝是中国古代重要的伦理思想，《二十四孝》是历代孝子行孝的故事集，用于启蒙儿童，是儒家宣传孝道的通俗读物。以后，又有人刊行《二十四孝图诗》《女二十四孝图》等，流传甚广。在传统的木雕、砖雕和刺绣上，常见这类题制的图案。《二十四孝》中有一则关于北宋官员黄庭坚的故事。黄庭坚是北宋著名的诗人和书法家，他虽然身居高位，但侍奉母亲却竭尽孝诚，只要他在家，都是他亲自给老母亲喂饭、洗衣、按摩，还陪着聊天，洗涤溺器，从不假手旁人，没有一天忘记儿子应尽的责任。

王英杰也努力做到像黄庭坚那样。他平时工作忙，但一有时间就赶回家陪母亲。有一天午休，他与母亲同枕一个枕头，母亲伸手拉了拉他的上衣，他明白了，脱了上衣，光着膀子，让年迈的母亲枕着自己的臂弯，看着母亲甜甜睡去，如同当年母亲怀抱幼时的自己。他抚摸着母亲如雪的白发和核桃般的皱纹，心里酸酸的。就这样，王英杰守在母亲身边，喂饭喂药，悉心照料，整整五个年头，直至母亲九十一岁那年往生。

老人家在开封期间，王英杰唯恐"子欲养而亲不待"，几次想停掉生意专心侍奉老母，无奈公司业务缠身脱不开，不能时时守在母亲身边，何况还要考虑跟他一起工作的员工生活问题。他特意请来其他身体健朗的兄姐，坚持付给他们陪护费用，请他们代自己行孝。

母亲就像他的福星，虽然因家有病人，王英杰生意上不能全力以赴，但每个月公司的营业额还是直线上升。最高时一个月销售面粉二百六十多个车皮，盈利奇迹般地翻了几番。

王英杰感叹：一孝百门开。只要有孝心，老天爷也眷顾。这种简单的道理，又有多少人能真正明白呢？

## 故事 24　修桥补路为他人，爱去福来报自己

致富后的王英杰夫妇，生活依然非常节俭。平日里，吃的是粗

茶淡饭，穿衣总拣最便宜的买。但遇到社会公益事业，他们却极为慷慨。他们抱定一个信念：个人致富靠的是国家政策和社会大众的支持，是靠父母的言传身教，他们一定要用实际行动报国恩、社会恩和父母恩。

随着生意越来越兴隆，钱也越挣越多。夫妇俩多次在一起商量，这些钱该用在什么地方呢？他们反复讨论后，决定以父母为榜样，要取之于社会，用之于社会，而不是留给子孙，不能让孩子们躲在长辈的翅膀下享福。

林则徐撰过一副对联："子孙若如我，留钱做什么，贤而多财，则损其志；子孙不如我，留钱做什么，愚而多财，益增其过。"这话说得何其透彻超脱。想想看，拥有了一座金山的人，又怎会甘心每天汗流浃背地去沙中淘金呢？

夫妇俩决定把钱花在公益事业上。古人做善事喜欢修桥补路，为什么？因为修桥补路可以助益多人。他们抽空到处转悠，考察哪里的路最需要修。

他们发现，在开封大梁门外西关北街一带，有一段土路，晴天尘土飞扬，雨天泥泞不堪，当地居民戏称为"水泥扬灰路"。由于平时缺乏维护，积水深时，连公交车都不能跑，居住在那里的人们很不方便。王英杰带着妻子一块儿考察后决定，就修这条路。王英杰请专业公司进行了工程预算，大约需要一百一十万元。

修路得经过市政府主管部门批准。经人介绍，王英杰认识了开封市城市管理局的陈局长，陈局长问明了来意，得知他们啥也不图，纯义务为群众修路。正坐在办公桌前的陈局长“刷”地站了起来，郑重其事地对王英杰说：“我代表开封市城管局感谢您！我相信开封人民和我一样感谢您！”后来，在修路的过程中，陈局长给予了最大支持，还向市政府打报告申请，市财政拨付了修路补助款三十五万元。

回想起修路那段时间的经历，王英杰爱人说：“对英杰来说，修那段路跟盖自家房子一样操心，电话一个接一个，又是水泥，又是石料，运到工地后他要亲自去验收。夜深了，他还要到工地上转一圈才能睡个安稳觉。整整七十五天，他没一天能吃好饭睡好觉，见天心里惦记的都是那条路！”

路修好了，王英杰心里的这块石头才算是落了地，给开封人民交了一份满意的答卷，给开封市政府交了一份满意的答卷。配合修路，他还疏通了附近小区的下水管道和窨井，完善了配套设施和路灯照明。“看着这平平坦坦的大道，俺心里就是畅快！”王英杰说：“能给百姓办点事，替市政府分点忧，我这点钱花得太值了。”

王英杰最初修路时的想法是：一定要修一条自己不走的路，真正地全心全意服务大众。没想到路修好后，他从事传统文化教育，创办的敦复书院，刚好就临着这条路。他觉得太不可思议了，当初只想着为别人，最后自己偏偏受益最大，这难道就是老子在《道德经》里讲的“圣人无为而无所不为，圣人无私而故能成其私”吗？

娘说：“自己修路自己走。”真是人生至理啊。

### 故事 25　汶川地震遇灾难，带领全家去捐款

2008 年 5 月 12 日，四川汶川发生里氏 8 级地震。听到消息，从电视上看到同胞罹难，王英杰的心像是乱针扎着一样难受。震后第二天，获悉大相国寺要举行大型募捐活动，他叫爱人拿起存折，带上孩子们，直奔银行取钱。

在捐款现场，当他从一个破旧的黑提包里取出厚厚几捆人民币，一叠叠塞进捐款箱时，许多在场的人都为之感动。报社和电视台的记者拍完捐款现场镜头，准备对他进行专访时，他和家人已经消失在人群中。那天，他是带着爱人、两个女儿和外孙女一起去的。他要给孩子们树立"助人为快乐之本"的榜样。

在捐款现场，有记者拍到了他和家人的照片，经多方了解，才打听到捐款人的真实姓名，好不容易找到他采访。他说："一方有难，八方支援。我和家人不能到四川地震现场帮助救灾，就捐点钱表表心意，咱们和汶川各族同胞都是兄弟姐妹。"

回家的路上，王英杰留学刚回国的小女儿问他："爸，您又是修路又是捐款，您是咋想的？"王英杰回答说："有国才有家，爱国就是爱家。你爸妈虽然不是大富翁，家里算不上有很多钱。可是如果国家有大难，你爸妈哪怕变卖所有资产，也会毫不犹豫，只要是为了咱们的国家。"

小女儿说："爸，您放心，我跟姐姐一定会向爸爸妈妈学习，对长辈不索取，对社会做贡献。"

## 故事 26　资助困难优等生，清白无私利他人

在大相国寺捐款时没有采访到王英杰的记者廖大林，因为敬服其为人，后来和王英杰成了好朋友。2009 年暑假的一天上午，廖大林带着一位中学校长来到王英杰家，一阵寒暄之后，廖记者说明了校长的来意：这所高中有位非常优秀的在校生，曾代表学校参加过河南省物理竞赛，还拿到了大奖。但这位学生家境十分贫寒，想请王英杰考虑能否对他给予资助。

王英杰听了，心里很感动，对这个当地名校的校长肃然起敬，为了学生，他放下学者的清高来求助，看得出是下了很大决心的。这不仅仅是校长怜惜学生，更像是无奈的父亲在为自己的孩子求助。

因此，王英杰没迟疑，当场表示愿意解囊相助，他让家人立即取钱交到了校长手中。校长连声说："谢谢，谢谢，孩子签收后，我会叫人把收据送过来。"王英杰说："收据不重要，重要的是孩子的学业不能耽搁。我有一个请求，不要让学生知道是谁帮的他，不要给孩子任何心理压力。"事后，王英杰从朋友那里得知，校长信守诺言把捐款全部用于该生的学习。这名优等生学业进步，令王英杰十分欣慰。

没想到，跟校长结的缘会利益到另一名学生。一天上午，在敦复书院一次论坛上，有位女村支部书记带着一个女学生找到了王英杰。"王院长，孩子想上某高中（正是他以前资助过困难学生的那个高中），考试分数只差一点点，学校不肯录取，您能帮帮忙吗？"女支书的声音里满是恳切期待。

王英杰问："人家统一定的分数线，咱若找人帮忙，岂不是对别的学生不公平了吗？再说，根据孩子的资质，上符合她学习程度的学校不是更好吗？干吗非上这个学校？"女支书解释说："孩子是从县里来的，她报的第一志愿是这个学校，再转到其他学校很难协调。她梦寐以求、向往已久的就是这个学校。"她把孩子刻苦学习的事迹和家里的困难情况一一向王英杰介绍。

王英杰了解到，这位女支书是从市里到村里挂职的，由于农村学校教育资源匮乏，确实影响了孩子们的成绩。当时市里重点高中的分数线是死的，并没有对教育资源薄弱学校倾斜，这就导致了事实上的不公平。这个女学生在农村学校已经是最优秀的了，但她的考试成绩仍不足以被市重点中学录取。女支书担心，这种教育资源的不均衡将拉大城乡之间的差距。

看到这位女支书为了别人家的孩子激动得几次掉泪。王英杰被打动了，答应试试看。于是，他提笔给那位校长写了一封信，介绍了这位女学生的情况，希望校长全面考虑，看能否录取这个女生。

下午村支书兴奋地给王英杰打来了电话："孩子被录取了！校长说，这个女生基础素质非常好，经过努力，成绩会很快提高，不会拉班级后腿的。"

王英杰说自己常思考：什么是天堂？什么是地狱？假如每个人吃饭都必须使用二尺长的筷子，生活在天堂里面的人，夹起菜肴送到对方的嘴里，你帮我，我帮你，人人都能吃得饱，这就是天堂。天堂里没有勾心斗角，只有与人为善、常怀感恩，再苦再累心也甘甜。

生活在地狱的人都自私自利、互不信任，二尺长的筷子夹起菜肴咋也吃不到自己的嘴里，菜肴撒了一地，到处是谩骂、埋怨。人的思想拐不过来这个弯，所以筷子也拐不过来这个弯。如果每个人都为别人想一想，为他人多付出一点，世界将会多么美好。

**故事 27　粮食自燃引反思，坚定信念办讲堂**

王英杰说，他能走上弘扬优秀传统文化的道路纯属偶然。在做生意过程中，有一件事引起了他的深思。

有一次，王英杰在开封买了六十吨玉米，运到广东省清远县粮食局，当时对方讲明这批玉米是加工饼干用的原料，一定要选质量上乘的玉米。王英杰完全是按照对方的标准采购的，但是当他把这批玉米运到清远后，玉米堆竟然冒烟自燃了。这是怎么回事？后来采购员告诉他，很多人在卖粮食时，为增加重量多卖钱，往玉米堆里掺了水。湿玉米在长途运输中发霉起热，温度升高到一定程度，就会导致自燃。那批玉米就这样毁掉了。王英杰心里十分难受，不仅因为自己损失了一笔钱，更因为这六十吨玉米包含着多少农民兄弟辛苦劳作的血汗，就这样白白扔掉了，简直是作孽啊！

不久，他到一家粮库订购小麦，又看到有个工人正握着水管往粮食上喷水。那水像冷冰冰的钢针，一根根扎在王英杰心上。如果整个社会，各行各业都只认得钱，一切向钱看，昧着良心，不择手段，我们生存的社会将会变成人间地狱。我们愿意自己的子孙后代生活在这样的环境里吗？我们民族的出路和未来在哪里？他是杞人

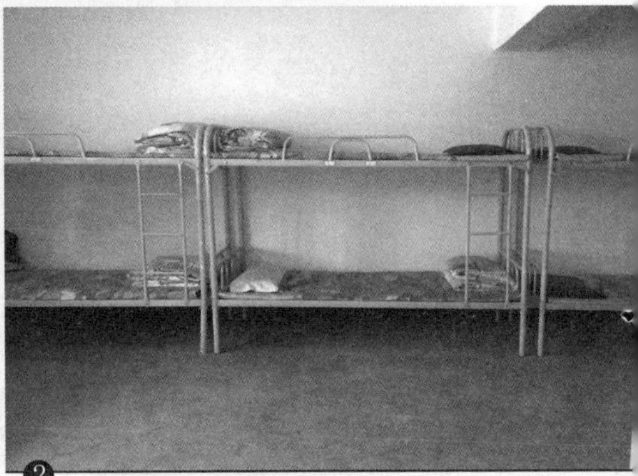

❶ 王英杰和夫人李秀亭为学员分享

❷ 别墅改成的宿舍

❸ 创办初期敦复堂的教室

❹ 到敦复堂学习的路标

❺ 敦复堂外景

忧天吗？不，“天下兴亡，匹夫有责。”古人云，“位卑未敢忘忧国。”他越想越怕，越想越沉重，经常辗转反侧，夜不能寐。

2008 年 8 月的一天，一位朋友邀他去参加南京居美馨举办的优秀传统文化学习班。对传统文化，他过去也知道那是老祖宗留下的好东西，能教我们如何做人、做事。他很感兴趣，可由于手头的事太多，就让妻子代替自己去参加了。第一天，他打电话问妻子听得咋样，妻子说，好。第二天又问，妻子说真好。第三天，妻子说太好了。妻子三天说了三个好。王英杰憋不住了，当天晚上他坐车赶到南京，赶上了这期学习班最后一天的课程，让他心里透亮，热血沸腾。从老师那真诚激越的演讲中，从学员那热切渴望的眼神中，他感受到了中华优秀传统文化的魅力。如果有更多人知道、认同中华优秀传统文化，照老祖宗的教诲做人做事，我们的社会不就更加和谐美好了吗？在返回的途中，他紧紧握着妻子的手说：“咱回去后，也得办这样的学习班。”爱人说：“咱说话算话，说办就办！”

## 故事 28　贱卖产业办书院，千金散尽亦不悔

《礼记》曰：“建国君民，教学为先。”

王英杰夫妇二人决定要开办传统文化学习班，可办学不是一句话那么简单，既需要资金，又需要人力。他们有两个女儿，大女儿王晓丽帮他料理日常事务，小女儿王利辉是家族企业的会计，两个女婿及外甥、侄子也跟着王英杰一起做事。若将梦想变成现实，首先得争取孩子们的支持。

令他们欣慰的是，第一次家庭会议上，大女婿当即表了态："老一辈创下的家业，我们不会要的。"王利辉迅速算了一笔账：购买教室、宿舍、饭厅需要多少钱，配套的板床被子、锅碗瓢勺、桌子凳子、电脑电视、功放DVD、摄像机、照相机等需要多少钱。王利辉说："咱先把公司流动资金拿出来用，不够的话，我去办贷款。"大女儿王晓丽性格温厚，从小极心疼爸妈，她与爱人商量着悄悄将自己的汽车卖了，把钱交到父亲手里。她说："以后接送闺女上幼儿园，我们骑三轮车去，钱先用到办学上吧。"

刚开始办班时，在王英杰家西康苑的别墅里，取名"敦复堂"。虽然花了不少钱，但容量还是有限。随着学员数量增加，为保证从外地赶来听课学员的吃住，王英杰又花高价把原来卖出去的别墅加价买回，教学吃住共四套别墅，可用面积一千多平方米，但仍满足不了办学的需要。看着不得不站在教室外听课的学员，他觉得不像个办学的样子。后来，他跟妻子决定，低价卖掉地处闹市、租金丰厚的商业楼，尽快建一座正规书院。王英杰把学校地址选定在原来购置的一座旧厂区里，这里临近大路，交通方便，靠近人口集中地区，便于市民来听课。他决定把这里改造成集教学、就餐、住宿、活动于一体的多功能书院。

这个老厂区坐落在开封市金耀路古城墙旁，东临清明上河园、龙亭湖、中国翰园，是八朝古都的风水宝地。王英杰最初买地时，计划在这儿开发高档别墅。其实，即使自己不开发，由于国家级文物保护单位——八朝古都城墙周边环境改造，已使这块儿地的价格翻了数番，如果转让，也可轻松赚到一笔巨款。但王英杰既没有开发也没有转手，而是请人设计出敦复书院的蓝图。

王英杰的企业是从拉架子车、卸货开始起家的，后来在朋友们帮助下买卖、批发粮食。小本生意，厘中赚钱，量里取胜，白天奔波，晚上算账，在几间仓库里，冷时能把人冻死，热时能把人闷死，天天累得筋疲力尽。就是靠这种拼劲和良好的信誉，他家不仅摆脱了贫困，而且还有了像模像样的家族企业。

有朋友好心劝王英杰说：“办书院可是花钱没个边儿。你们家现有的地产，单靠租金便可保证王氏家族几代衣食无忧，如今一旦贱卖了，把钱投入办学，大笔固定收入自此消失。旧厂区一旦建成敦复书院，不仅投资大，而且建成后运行的各项费用，仍是个无底洞。你们两口子带着孩子们辛辛苦苦赚来的钱，就这样流水一样花出去，你不心疼啊？孩子们能没怨言吗？”

王英杰却非常自信。他说：“这些年，常听到一些子女因争父母财产反目成仇的事，就会想到自己家。我这两个女儿，从小就教育她们靠自己的双手挣钱，教她们要有一技之长，凭本事吃饭，将来靠自己完全可以生活得好。假若我将钱留给了他们或孙辈们，他们会不会为钱闹腾，伤了手足亲情？我了解我的女儿，她们从小就互相谦让，不会因钱而起邪念。但钱这东西，没有时无法生存，钱多了留在家里也不见得是好事，不如回报社会。一想到能用钱创办敦复书院，服务社会，利益他人，那是彻底的轻松快活。我要用手中的钱，做有意义的事。”

## 故事 29　课堂哪怕只一人，矢志不移办学心

有志者，事竟成。从最初小规模的敦复堂，到后来换址又建起来的敦复书院，王英杰全家贱卖了资产，费尽了心血，但这还不是最大的挑战，更艰难的是办好事却得不到人们的理解。

回忆起当时的情景，王英杰感慨万千。2008 年，不少人还把传统文化当成是封建迷信，认为应该被扫进历史的垃圾堆里。那时候中央也还没有大力倡导弘扬传统文化，社会上流行的观点是发展经济，追求 GDP，谁能赚到钱才是本事，没多少人看得上温良恭俭让，甚至把忠厚老实当成是无能的代名词。所以社会大众对王英杰夫妇投身的事业并不了解，也不理解。当时他们面临的最大困难是建好了教室，请到了老师，却没人愿来听课。

人们说，酒席好备客难请。敦复堂装修好开课后，王英杰一家印发了邀请听课的宣传单，一再声明，凡来听课者，一切费用全免，还热情地摆上水果，备好茶水，挨门挨户邀请人们来听课，但是，来听课者还是寥寥无几。

有人面对他们全家的非常之举疑虑重重，怀疑他们打着传统文化的旗号另有目的。有人说，天下没有免费的午餐，肯定是先说不收钱，再想方设法让你掏大钱。也有人说，王英杰一家这样做，会不会是邪教组织啊？没准儿是搞传销的吧？肯定是骗人的。更有人害怕地说，千万别去，去了万一被洗脑，想再出来可就没有那样容易了。

满腔热情的王英杰，没想到会遭遇这样的尴尬。他反思之后，更认识到办学的必要性。为什么人们担心他们一家是骗子？正因为优秀传统文化离开人们太久，人们被骗的次数太多，被骗怕了。

别人不来，王英杰就请自己的亲戚朋友来听。可亲戚朋友起初也不愿意来，都说他中了邪了。好好的生意不做，好好的日子不过，一门心思办书院，这不是有病是什么？亲戚朋友也不理解他。

亲戚朋友不愿来，他就和爱人一起来听课。

可是家里上有老下有小，有时爱人处理家事走不开，也不能来听课。王英杰就一个人坐在教室里。

有一次，讲课的老师望着空荡荡的课堂，对王英杰说："没人来，今天就别讲了吧！"

"讲。"王英杰对老师说，"我不是还在吗？没有人，就是对着桌子椅子也要讲下去。"

老师对着空荡荡的桌椅开始讲课，王英杰坐在空荡荡的教室里认真听、认真记，心头生起一种壮怀激烈的神圣感。这条路再难，他也要坚定地走下去。

渐渐的，当人们了解了王英杰所推动的事业，当越来越多的人们认识到他做的是一件多好的事情之后，越来越多的人蜂拥而至，过去冷清空旷的教室渐渐热闹拥挤起来。在朗朗的国学诵读声中，王英杰的脸上绽开了笑容。

①

❶河南省孔子学会会长王笑南为敦复书院揭牌

❷“到家了，吃吧！”

②

## 故事30　误解委屈浑不怕，终获认可喜泪飞

2011年12月23日，冬日暖阳高照，开封敦复书院大门口盘鼓激越、鞭炮轰鸣，一派喜庆景象。开封市有关领导来了，老师、学员、义工来了，周边居民来了。开封市文明办“文明中原大讲堂宣教基地”的大牌子赫然挂在敦复书院大门前。一旁站着的王英杰喜泪盈盈，前来捧场的好朋友意味深长地说：“王院长，你这些年舍家办学，身在市井民间，心忧世道人心，今天总算是名正言顺，获得官方认可了！”

为创办道德讲堂，王英杰首先申请加入了河南省孔子学会，并被推举担任了副会长。他的办学理念、课程构想得到了省孔子学会孔岩、程子良、屈春山等领导的理解和支持。孔子学会常务副会长朱保书与王英杰彻夜长谈，他慷慨激昂地在敦复书院讲道：“感谢王院长给我们孔子学会提供了一个爱国教育的场地，王院长把儒家文化、道家文化以这种形式传播到千家万户，这是一种爱国行为，是一种拯救民族的壮举。”朱副会长还协助敦复书院宣传联络，陪同王院长规划学院新址，他说：“办好敦复书院，我朱保书死也瞑目了！”

如今，国家司法部，省司法厅，省、市文明办，省关工委等领导同志多次来敦复书院调研指导，开封市领导积极协调，从教育部门借调专职人员做书院的国学教师，购买桌椅予以资助，从各方面支持敦复书院的发展。

继省孔子学会、市文明办在敦复书院挂牌后，开封道德讲堂总堂、开封防范教育基地、市家庭教育宣传实践基地、河南电视台民

生频道道德教育基地、开封报业集团文化活动基地、开封市共青团、开封大学机械与汽车学院道德基地、省化工技师学院德育基地、郑州铁路局开封车站德育基地等各种牌匾挂在了敦复书院，目前还有不少单位申请挂牌。有的单位一再叮嘱：俺们的基地牌子，可不能因为挂牌的太多给去掉啊！

2014 年 1 月，王英杰被中央文明办评为“助人为乐中国好人”。

2014 年 5 月，王英杰一家被河南省妇联评为“河南省最美家庭标兵户”“河南省五好文明家庭标兵户”。

2014 年 5 月，王英杰一家被全国妇联评为“第九届全国五好文明家庭”，在北京人民大会堂领奖。

2014 年 7 月，“敦复书院周四固定课堂”被开封市文明办确定为开封道德总堂固定讲堂。

2014 年 8 月，河南卫视邀请敦复书院王英杰院长做访谈。

2014 年 10 月，河南卫视《聚焦中原》栏目做专题报道《开办敦复书院，弘扬传统文化》。

2015 年 1 月，王英杰夫妇被河南省妇联、河南省文明办授予“传承好家风的好妈好爸”荣誉称号。

2015 年 6 月，王英杰被中央文明办推荐为“全国第五届道德模范”候选人，中央电视台到敦复书院拍摄专题节目，面向全国宣传他的事迹。

2015 年 10 月，王英杰获全国道德模范提名奖。开封市委书记吉炳伟代表市委、市政府对王英杰表示祝贺，他说将一如既往关心支持敦复书院的建设发展。

### 故事 31　就算你是来蹭饭，笑脸相迎结善缘

从敦复书院举办第一期传统文化学习班开始，王英杰就定了一条规矩：坚持全公益，学员免费听课，免费吃住，包括图书笔墨等一切学习费用均由书院承担，绝不收学员分文。

有一期四天课程，王凤仪的后人来书院讲课，讲得很好，每天吃饭的达到六百多人。与学员同吃午饭的王英杰高兴地问一位同桌吃饭的年轻人："您觉得今天这课讲得怎么样？"那人看了看周围，卖弄聪明小声对王英杰说："别告诉旁人啊，我听说这儿管饭，下班就来吃饭，根本没听课。"

对方的回答像是兜头盖脸给王英杰浇了一盆冷水，令他心里拔凉拔凉的。

居然是蹭饭的！王英杰心里有些生气，但并未当场表现出来。饭后回到办公室，他马上给餐厅负责人打电话说："以后严格凭听课证进餐厅，没听课的不让吃饭！"

平时的中午，王英杰喜欢在办公室沙发上打坐半个小时，可是那天，因为心里有事，他一直调不好气息，总觉得心里不是滋味。这时候，他想起自己的父母，一辈子积德行善，从来没讲过条件。

他反省自己："王英杰啊王英杰，你心胸咋那么狭窄呀，若是家庭条件好，谁会跑这么远路专程来蹭顿饭？他生活上有困难，这顿饭刚好能帮助他，咱何乐而不为呢？"思想通了，王英杰的心结也

解开了，一下子又轻松起来。他又打电话给餐厅负责人纠正自己的错误：“我刚才说，不听课不让吃饭，这话错了，现在纠正，谁来都让吃饭。”

事实证明，不少专程来蹭饭的人也渐渐加入到学习的行列。

还有些人，总觉得世上没有那样傻的人，猜测王英杰办学有什么“猫腻”，一些传言和误解传到王英杰耳朵里，他总是一笑置之。

有一次，某中学组织六百多名学生来书院听课。学校是租用了十二辆公交车送学生来的。晚上，来接学生的司机在书院门口等学生们下课。有两个公交司机一边抽烟一边闲聊。一个司机说：“听说这个书院的老板家里有钱得很，他有钱没地儿花了吧，让这么多人来白吃白学，不收费，还管饭，多少钱也不够糟蹋的。我看他是有病。”另一个司机说：“不光有病，病得还不轻哩。”

他们不知道书院门口那个衣着朴素的老先生就是王英杰。王英杰听后转身就走，没向他们做任何解释。他始终记得林则徐那句话：“海纳百川，有容乃大；壁立千仞，无欲则刚。”

### 故事32 鬼门关前不言弃，助人为乐不止息

2011年2月15日，又一期四天的幸福人生学习班结束了。为了这四天，王英杰已经加班加点辛勤工作了一个多月。

这天晚上，王英杰从晚上七点多开始编辑审查授课视频，看着编着，不知不觉竟趴到桌子上睡着了。两个小时后，他被电话惊醒。用凉水洗把脸，又继续审阅起来。干着干着又睡着了；睡醒了在房

间里走一会儿，接着再干。明显感觉自己的身体已经超负荷，可他还是坚持到深夜才躺到床上。万万没有想到，刚躺下不久他就胸疼不止，忍痛跑到卫生间时，竟一头栽倒。凌晨四点爱人上厕所时，发现他躺在地上，赶紧拨通了120。

疾驶的救护车及时将他拉到了医院，大夫检查后诊断为心梗，要求立即手术，安放支架。大夫告诫他："你这次能被抢救过来，是万幸，多少人因此而丧命。从今天开始，绝对不可过于劳累。"

听说王英杰住院，很多学员、义工和朋友们都赶到了医院，望着躺在病床上脸色苍白的王英杰，纷纷埋怨说他太劳累了，哪能为了传统文化教育把命搭上啊。王英杰抓住朋友们的手，使出最大力气说："敦复书院就是我的命，我若哪一天不行了，你们一定支持它坚持下去。"朋友们埋怨说："你满脑子的敦复书院，为它差点要了命，你咋还想着书院哩！"王英杰说："我不后悔。敦复书院自成立以来，帮助过多少人啊。我现在真的体会到什么叫助人为乐了，帮助他人，快乐自己，多好的事儿啊！"

### 故事33　精诚所至金石开，万里求学名师来

2013年5月25日，王英杰受邀参加新乡市传统文化协会的成立仪式。会议期间，有一位长者提出"士不可以不弘毅，任重而道远"，指出传承和弘扬中华文化是每一位炎黄子孙的使命。这位长者就是九十岁高龄的颜景松教授。

王英杰回忆说，温文尔雅的颜老先生，和那慷慨激昂的精辟演

❶ 王英杰在灵宝市罗家村为村民们宣讲孝道

❷ 颜景松老教授在讲课

❸ 观摩颜景松老教授现场挥毫

❹ 暑假学习

❶

❷

❸

❹

讲，极大地震撼了他。下课后，王英杰紧随在老人身后，开车把老人送回他的住所，后来又多次登门邀请老人来敦复书院讲课。授课中，王英杰发现老先生知识渊博，又有着忠诚刚正、自强弘毅的精神，便决定让更多人跟随老人家系统学习传统文化，精心录制了老人家的所有授课内容。

为方便老教授在书院讲学，他专门给老人家收拾好一套别墅。无奈由于教授夫人身体不好，老人家不愿常住在敦复书院。

“那就登门求学！”下定决心后，王英杰特意购买了一辆十五座汽车，带着书院教师去新乡学院学习，从夏天到冬天，每个周六、周日，早上六点四十出发，八点半到新乡，风雨无阻，坚持走读。往返新乡一次二百四十公里，一百多趟的往返，敦复书院老师们的求学之心毫无疲厌。

每次上课前，大家都拿出课本，反复读诵上次课程内容，王英杰也是一个字一个字地指着课本，跟大家一起用心习诵。他每次都坐在第一排的中间，老师一抬眼就能看见认真听课的他。老师睿智的眼神里带着赞许，王英杰仰起笑脸如孩子般纯真，台上台下是心有灵犀的默契。

有时候，由于路况不好，下课后赶回书院已经过了中午，他们就在路上吃点自备的凉馒头和咸菜，谁都没有一句怨言。一路走，还一路交流讨论，大家全身心沉浸在传统文化课程的收获中。怪不得每次颜教授都夸奖敦复书院是个过硬的团队，是传习国学的典范。

精诚所至，金石为开。王英杰一行为了听课，前后奔波路程数万里，用实际行动感动了老教授。2014年元旦后，颜教授终于答应带着夫人住进王英杰精心准备的别墅里，在敦复书院长期驻校授课，并指导长期班学员。

颜老曾有个心愿：愿意扎根在一个地方，认真培养一批学习四书五经的国学人才。现在，他选定了自己的基地。敦复书院长期班的学员，还有所有的义工，都按照课程进行系统学习。

由于王英杰日常事务繁忙，不能保证每次坐在教室里听课，他特意安排人员把课程全部录下来，回到办公室时，自觉补课。他笑着对学员们说:“我没你们有福气，你们可以在教室里听老师当面讲。我经常是人在办公室，心在教室。不过我保证，一定跟上大家的学习步伐，决不掉队。”

### 故事34　推心置腹怨结解，化解上访笑颜开

王英杰虽在多年前就离开了火车站，但一直受原单位老同事的敬重，只要单位需要，他还经常帮助协调问题。一次，铁路上十七位集体工因为福利问题未得到解决，与领导谈判闹崩了，他们集体到北京上访。铁路局领导带三十四名铁路干警，将他们带回。自此，矛盾进一步激化。上访者说：“反正咱们是穷光蛋，光脚的不怕穿鞋的，就跟单位挺到底了，看他们能把咱们咋着？”

火车站站务会议上，领导们讨论此事，因双方已僵持不下，官方很难与上访人员沟通，可否找第三方来和解？有人提到了王英杰，说他在铁路系统对上对下人缘都好，办法多，现在又是开封市道德

讲堂总堂的负责人，有社会影响，不妨请他来，在上访群众中做些调解工作。王英杰接到车站领导电话后，爽快地答应了。

王英杰熟悉这十七个人，知道他们并非蛮不讲理，也不是存心捣乱，而是认为自己受到了不公正对待。十七个人当中，领头的两个平时还喜欢念佛，主张积德行善。

为能对症下药，王英杰特地来到开封白衣阁，请释心同方丈与之同行，一同去见上访户。来到民权火车站时，他们听说这位领头的上访者正在桥头下棋，王英杰上前笑嘻嘻地打了声招呼。那人抬头一看，也挺热情，说:“王主任，你咋来了？”又看见后面的方丈，扑通一声双膝跪倒在身旁的煤窝里。王英杰明白：这人心中有敬畏，化解此事就有希望。

释心同方丈搀起那个人，陪他回到家坐下，劝他说：你们越级上访，还声称要到中南海告状，这可是违背了佛陀教诲，也违犯了国家法律。王英杰也劝他们，有问题可以逐级反映，不必闹到北京去，还表示自己愿意帮他们与领导沟通，促进他们困难的解决。一直说到天黑。分别时，这位领头人一再表示：“你们放心吧，俺们决不会再往外边跑着上访了，俺也是跟领导说不通，生气了，才去的北京，以后不再越级上访了。”

王英杰向铁路局领导做了汇报，领导研究决定，给这批工人适当补助，双方又多次沟通，一场纠纷得以顺利化解。后来，那位领头的上访者还给王英杰打电话，感谢他帮职工们解决了难题。

❶

❷

❸

❶ 书院花池里的空地，李秀亭老师都种上了菜

❷ 李秀亭为学员们做饭

❸ 李秀亭为学员们买菜

## 故事35　记者笔下李秀亭，助夫成德大智慧

《尚书》有言："俭以寡营可以立身，俭以善施可以济人。"王英杰的夫人李秀亭正是这样一位俭以立身、俭以济人的贤惠女人。

敦复书院创办之初，开封著名女记者李新叶经常到王英杰家采访，帮助书院宣传策划、组织活动、协调解决困难。她曾在自己博客上发表过一篇文章，认为李秀亭是世界上最智慧的女人，其中包括四则小故事，现摘录如下：

### 一、电动三轮车的故事

五年前的一个傍晚，我到您家采访。

您家坐落在开封城外的西康园小区，您丈夫王英杰是一位房地产开发商，西康园内的别墅，多半是他建设的。

此次采访，与房地产无关。

初次见您，有些生疏。您却像见到了自家小妹，先说厨房里还有素包子，接着就给我洗苹果、拿瓜子、倒开水，后来还从厨房包了些鸡蛋，说是土鸡下的，让我带回家炒着吃。

做完这一切，您推着轮椅上的父亲，说到他的房间给老人家洗脚。您先生看出您的用意，嘿嘿笑道："你这个李秀亭啊，就是一条泥鳅！"

泥鳅？什么意思？

待您走出屋门，您先生说："没有秀亭，就不会有敦复书院。但她是右手做了好事，生怕左手知道的那种人。几百人集中起来学习，吃的喝的住的，全靠她领着义工安排。可遇到记者采访，她一会儿

就躲得无影无踪。你说这不是泥鳅是什么？”

我随口道：“做个泥鳅藏在泥中，外人看不到，不用天天当演员，多自由自在啊。你看生活中，凡是把自己放在最不显眼处的人，都是最有智慧的。”

您先生频频点头：“是，俺家李秀亭的确是大智慧。过去吧，我总认为她识字不多，平时也不喜爱读书，没想到，就因为到南京参加了一次传统文化学习班，一下子就对传统文化产生了兴趣。我俩乘车回家的路上，她滔滔不绝讲了一路，说咱也办个学堂，请老师讲讲孝道，讲讲积德行善，讲讲德要配位……我当时就惊呆了，我说李秀亭啊李秀亭，你不就是听了几天课嘛，竟知道那么多新词儿。”

我说男人想做公益事业，没有妻子的支持会很艰难。敦复书院的每期学习班，能一下子接受数百人的吃住，我就断定秀亭大姐是幕后英雄。

您先生腾地站起来：“对对对，她可比我聪明多了。你看她能把我推到前台，我却没本事把她推到前台。我为她写了几篇文章，拿过来你看看啊。”

片刻，您先生将打印好的一沓纸递给了我：“你帮着改改吧。我学打字时的第一篇文章，就是这篇《绝不辜负你——我的夫人》，就这几百字，我打了一上午。”

文章鲜活得像带露水的青菜，通过一个个小故事，表达了对您的浓郁之情。结婚近四十年的夫妻，还有如此炽热的情感，我被触动了，情不自禁变了话题。一个晚上，全是听您先生讲述您的故事。

慢声细语，您先生讲了两个多小时，到九点时，我起身告辞。

去向您告别，我说："大姐，您这辈子值了。王总说您是他的贵人、知己，是一个让他想起就特别感动的人，是一个……"

您打断了我的话："不值一提不值一提。俺文化不高，你说俺能干啥！"而后，您说汽车不在家，让您先生骑上电动三轮车，到西区去看一位朋友。

我即刻连声道歉，说不知还有朋友在等着你们，乘出租车我给你们顺路带过去吧。

您却让先生蹬上三轮车，不容分说，拉着我坐在了后座，说与我同路。

二十分钟后，车到了西区。我催你们去看望朋友，剩下的路我走回去。催了几次，你们都支吾着说还在前边。至此，我才恍然大悟，赶紧道："你们是专程骑三轮车来送我的吧，太让我过意不去了。"

您说："这有什么啊，我们正好兜兜风，看看夜景。"

到小区门口，我跳下了车。你们不愿听我说声谢谢，转身骑三轮车而去。

望着你们越来越远的背影，我内疚了很久。扪心自问：假若我是拥有豪车别墅的千万富翁，假如家里来了位刚刚相识的女性，我会让自己的先生骑着三轮车相送吗？且做得那么自然、那么亲切？我能像你们夫妇那样，把自己的身架放得很低很低吗？

我能做到吗？

## 二、剩菜汤的故事

不久，第一届幸福人生学习班开始。

结束那天，我和摄影家刘凤山先生一起去采访，中午便留下与学员一起吃饭。

那是我俩第一次在敦复书院吃饭，由于是第一次，当盘子里仅剩下一点点菜汤时，便想倒掉。

那天，您和刘先生挨着坐，当您看到他端起盘子站起来，要把剩下的菜汤倒掉时，您当即抓起盘子，要把剩菜汤倒进自己的碗里。刘先生即刻意识到了您的用意，紧紧抓住盘子，把剩菜汤倒进自己的碗里，一口喝了。

目睹这一切，我才发现凡是老学员，不仅不剩汤菜，而且，还会用一块馒头，将碗和盘擦得明光闪亮后吃掉。

刘先生回家以后，将发生在自己身上的故事讲给了孙子，孙子不相信。在他看来，别说有钱人，就是穷人也不愿喝人家的剩汤啊。为了说服孙子，刘先生让孙子去看看，叨叨了几十次，孙子也没有答应。于是，刘先生便将家里电脑上的“猫”卸下，装在口袋里，到敦复书院等着孙子向他要。

孙子为了上网，不得不去求爷爷。爷爷就说，只要你能在敦复书院听两堂课，中午在这儿吃一顿饭，我就把“猫”给你。

孙子无奈，不得不硬着头皮去听课，听课后又极不情愿地吃了自助餐。正是这堂课和这顿午餐，让孙子看到每一位学员餐后的盘碗，都干净得像清洗过似的。也正是亲眼所见，从此以后，孙子吃饭再也不剩了。

敬爱的大姐，您是一个从不在台上讲话的人，更不会说什么豪言壮语，但您却靠营造的珍惜粮食的环境，影响了成百上千像刘先生孙子那样的孩子。

**三、火车座位票的故事**

敦复书院的前身是敦复堂，由于敦复堂的房子要搬迁，一天上午，您先生王英杰开着您家的标致车，载着我俩一起去寻找新的办学地点。

路上，在车上闲聊。

我说：“大姐，您的上衣好像是皮革的？”

您说：“那是逛早市时，十五元买的一个布头，让我侄子做了做。”

接着您又说：“您看咱俩的鞋，样子一模一样。”

我说：“这是打折时买的，好像是一百二十多元吧。您的呢？”

您说：“一百多元买双鞋啊，我可舍不得！我都是在早市地摊上买，好像也是十五元。”

我一下子沉默了。面对您这位家有多辆汽车、脚踏十五元鞋的大姐，我真是感到羞愧之极。人的境界不是说出来的，往往是通过一个个细节做出来的。

一个月后，我到敦复书院听课。课间，王总说您到广州参加学习班了，要问问您何时回来。说着，他拨通了您的电话。您告诉他，已经坐上火车了。由于同行人多，买不到卧铺，您就随大伙儿，买了张硬座票。

听说您要坐一天一夜车回来，您先生即刻埋怨起来：“这么热的天，你应该买机票回来啊。你现在就去找车长，看有没有卧铺，没有硬卧就买软卧，这么大年纪啦，一下子坐二十多个小时的火车，你身体能受得了吗？”

您却非常开心地说：“这算啥苦啊？俺们说说笑笑就到家了。俺们还带着吃的喝的，你放心好啦。”

放下手机，只见您先生在屋子里来回踱着，嘴里不停地叨叨着：“你看俺这位傻媳妇，我说她多少次了，不能对自己太苛刻，她一句也听不进。每次举办学习班，都是她骑着三轮车去买菜买米买水果，每天成千上万地花钱,她大方着呢。可一轮到自己,就舍不得了……”

那天，您先生显得特别不安，他实在太心疼您，一遍遍地重复着：“这个李秀亭，这个李秀亭……”

就是那一刻，我明白了您在丈夫心中的位置。什么七年之痒啊，什么男人有钱就变坏啊，在您面前，金钱和财富没有给您带来任何副作用，反而，让见多识广的先生，对您充满了敬意。

### 四、瓦刀的故事

2012 年下半年，您和先生商定，把计划开发别墅的黄金宝地，申请为教育用地，将其改造成集听课、吃饭、住宿为一体的书院。

那一阵，我隔段时间就会到敦复书院看看。每次去，都会看到您忙碌的身影，或在楼道里打扫卫生，或在院子里清理垃圾。每一次，您都是满面红光，额头淌着汗水；每一次，都看到您或戴着口罩，或头顶毛巾，浑身上下沾满了泥土。

新建成的敦复书院开学前的晚上，我跑到大礼堂，想看看准备得如何。又是没有想到，在一个角落里，发现您正在用砌墙的瓦刀刮地板砖上的水泥。

望着您满头大汗，我蹲下去，说要替您一会儿。

您把瓦刀递给我，说是去喝点水。而我，蹲下不到十分钟，就腿酸得站了起来。站一会儿又觉得不好意思，便一只手扶着椅子，一只手弯着腰刮地。您回来后，笑着要过了瓦刀。我说您也歇歇吧。您说：“干活干惯了，闲不住。”

我问您：“听说您每天五点多就起床学习了，这么晚了您还在干活，您一点不感觉累吗？”

您说：“我倒下就睡着，一觉睡到自然醒。再重再苦的活，睡一觉就充满了劲。”

第二天，来自全国各地的学员聚集在敦复书院，新一期幸福人生学习班开学了。当省市领导一一登台讲话，当数十名记者四处拍照采访，没有人会想到，那位带着袖头、围裙的您，正领着义工在准备七百多人的午餐。更没有人想到，为了让饭菜更可口些，您提前半个月就开始安排菜谱。提前两天，就领着师傅们开始蒸馒头和包子了。

那天，我在洗菜池旁找到您，对您说：“大姐，您一定要多保重！毕竟六十多岁的人啦，不能事必躬亲的。”

您脸上又露出开心的笑容："我是人累心高兴啊。我越来越觉得，我的使命刚刚开始。"

"使命？大姐，您的使命是什么呢？"

您说："让更多的人来参加幸福人生学习班啊！"

我问："大姐，您是不是觉得特幸福？"

您自豪起来："是啊，我感到特幸福，非常非常地幸福！"

这时，听到有人喊您，您喜盈盈地跑了过去。

此刻，一墙之隔的大礼堂，正在举行学习传统文化分享会。学员们争先恐后站在主席台前，排队等待发言。

我独自一人来到院子里，心潮起伏，浮想联翩。在我成长的道路上，见识过成百上千的女性；在我采访的人中，有无数辉煌成功的女性。为什么，唯有最普通的您，如此深深地打动了我？

我突然觉得，大姐您，才是真正的大智慧。虽然有钱，却天天用各种形式施舍行善。虽然可以大红大紫，却永远扮演"她在丛中笑"的角色。所以，你睡觉特香，吃饭特甜，因为您心中无事。所以，您不担心有人仇富盯着自己，更不担心有人会嫉妒自己，算计自己。

您活得多么轻松惬意啊！您有钱，足可以去过奢侈浮华的生活，您却选择了简朴；您有钱，可以在上流社会来往穿梭，您却选择了简单；您有钱，不留给子孙后代，却通过办学去滋养人们的心灵。

世界上什么样的女人最智慧？是您，我尊敬的秀亭大姐，您是世界上最懂得散财的人，也是最懂得如何获得幸福的女人！

## 故事 36　甘苦相伴四十载，执子之手永不负

《诗经》里有句话，“死生契阔，与子成说；执子之手，与子偕老。”描写兵士久戍不得回家，渴望与亲人团聚的强烈愿望。后来，“执子之手，与子偕老”成了生死不渝的爱情的代名词。

王英杰和夫人李秀亭自幼认识，经父母之命、媒妁之言，携手相伴四十多年，一直同心同德，甘苦同尝。

王英杰曾写过一篇文章《永不辜负你——我的夫人》，摘录如下：

最困难的八十年代，因为当时就我一个人有粮食标准，我们这个四口之家生活过得不如他人，是你和我同甘共苦，支撑着这个家。还记得，你总是在盛饭时给我盛得稠一些，星星点点的肉盛到我的碗里。拿勺子的动作，我历历在目。尽可能让我吃好些，好吃的自己很少吃，留给我和孩子们，自己总是凑合着。你从来不叫苦，作为丈夫，我心里最有数，你为这个家付出得太多了。

通过多少年努力，才得到一个农转非的指标，对一个老百姓来说，真是喜从天降，本应该先转你的户口，但为了孩子上中学的需要，你毅然决定改成转大女儿的户口。时隔两年，又是这种情况，你又把转户口的名字改写成二女儿。这就是母女情深、恩义如山啊。我今天不说出来，孩子们能知道深深的慈母情吗？

我是一家之主，我心里最有数，我看在眼里记在心中。这个情，我和孩子们会铭记在心。

还有深深的夫妻情：在生活中，我们从不吵闹，连脸红的事情都没有发生过。我下班后就帮你拉煤球。超负荷的体力劳动几次使

你眩晕，再苦再累你都忍着。你的身影里展现着劳动妇女的美德，闲暇时也会传来我们追逐嬉笑的声音。可谓举案齐眉，相敬如宾。

随着国家政策放开，家境逐渐有了好转，越来越好。户口在城市越来越没有用了，农村户口反倒重要了。可这个“情”字一直压在我心口上。我感觉欠了你的，我要替两个孩子还这个情。就是户口再没有用，也得办过来。你不理解，多次问我，现在何必再花那些冤枉钱，我就是不说为什么。有时候我真的好像一个孩子，为此事我竟暗暗落过泪，为孩子们感谢她们伟大的母亲。

通过学习传统文化，我心里更清楚，夫妻之间要相互多想对方的优点，多感恩对方，这不就是家庭幸福的源泉吗？观点不一致时，多一些理解，多一些包容，常常怀着感恩对方的心，天长日久就会酿成蜜糖一样的慈悲琼浆。随着年龄的增长，就会把对方看成天，看成生活上的精神支柱。

今天就先写到这里，由衷地感谢你，我的夫人。

王英杰常说，感谢上苍赐给自己这样好的妻子。他传播优秀传统文化，但是也不拒绝西洋文化。2011 年感恩节前夕，妻子外出没在家，为了给明天返回的她一个惊喜。他静下心来琢磨了一首诗，请一位书法家朋友写下来，装裱后挂在客厅里。诗的题目是“感恩节抒怀”，内容如下：

西方明珠降一颗，明光照耀满家和。

相夫教子兴家道，亲邻和谐分外娇。

慈心助夫生智慧，敦复书院扬忠孝。

相伴至今四十载，度夫同登般若桥。

### 故事 37　惜福爱物捡剩菜，表里如一不虚荣

2013 年 4 月 30 日，敦复书院王英杰、李秀亭、郭占生、王小慧一行到苏州和嘉兴考察外地举办“道德讲堂”的情况。抵达苏州时，他们原计划到固锝集团参观传统文化在企业推行的情况，不料恰逢五一假期，企业放假，他们便订火车票准备赶往嘉兴。到嘉兴只有下午四点多的票，时间尚早，他们便到苏州寒山寺参观。

参观完寒山寺，已经快中午一点了，大家饿得肚子咕咕叫。他们找了一家素餐馆准备就餐。正值中午时间，餐馆里熙熙攘攘，人头攒动，因为找不到空桌子，服务员安排他们四人在一对年轻男女对面坐了下来，和他们拼桌吃饭。

他们点了四碗罗汉面，两碟下饭菜。简朴、不浪费，早已成为敦复书院不成文的规定。

形成鲜明对比的是，对面那对男女，两个人点了两个凉菜四个热菜，把桌子占得满满当当，一看就知道吃不完。

王英杰他们点的罗汉面很快就端上来了。大家虽然饿，但老规矩不变，依旧是先读感恩词：“感谢国家培养护佑，感谢父母养育之恩，感谢老师辛勤教导，感谢朋友关心帮助……”之后才拿起筷子开吃。饭没吃到一半，对面那对年轻男女已经准备结账，两凉四热花了二百多，可那些菜却几乎没动，也不打包带走。看此情景，一向节俭惯了的李秀亭笑着对两位年轻人说：“如果你们不吃了，我们

❶ 王英杰与学员们亲切交谈

❷ 李秀亭老师在和学员们分享

❸ 轮流淘旱厕的同学们

拿走吃可以吗？”

“吃吧，吃吧！”对方一挥手，头也不回就走了。他们点的都是最好的素食，李秀亭把剩菜分给大家，四个人饱饱吃了一顿，盘碗见底。最后结账时，四个人才花了八十多块钱。

王小慧回忆起这件事时说，李秀亭老师对年轻人刚开口时，王院长脸色有点尴尬，似乎怕同行的教师们怪李秀亭小气，但他马上就变为笑脸说：“咱们都是搞传统文化的，但我没有秀亭老师这种勤俭精神，秀亭表里如一不虚荣，我们该向她学习。”

在敦复书院，每个人都明白“一粥一饭，当思来处不易；半丝半缕，恒念物力维艰”的道理。节约光荣，浪费可耻，这句最平常的话，铭记在心并坚持于日常，不容易啊！

### 故事 38　苦辣酸甜存心间，传播文化效先贤

2012 年下半年，王英杰夫妇商定，把计划开发别墅的黄金宝地申请为教育用地，将其改造成集听课、吃饭、住宿为一体的书院。

一千多万元就这样投入弘扬传统文化的事业中，王英杰夫妇心中的榜样是“先天下之忧而忧，后天下之乐而乐”的先贤范仲淹。范仲淹能将自己家的土地办学堂教育后人，他们决定仿效他。仁宗天圣四年（1026 年），范仲淹母亲病故，他含泪服丧，回南京（今河南省商丘市）居住。当时南京留守官邀请他协助教务。范仲淹训导学生读书十分用心，四方前来就读问业者络绎不绝。范仲淹用自己微薄的俸禄帮助他们，以至自己家中窘迫不堪。他为官时每到一处，

❶

❷

❶ 大女儿王晓丽是敦复书院中共党支部书记

❷ 二女儿王利辉负责书院的外联工作

也总是首先兴学聘师，关心教育。

很多人对王英杰一家做的事情表示不理解。这一千多万元即使不投资，单是放到银行里吃利息也足以使一家人衣食无忧。很多人想不明白，何况办学不是一次投资就行了，以后还得源源不断拿钱支付书院日常开销。

为了减少聘请工人的费用，到处都能看到李秀亭忙碌的身影。或在楼道里打扫卫生，或在院子里清理垃圾，或是开着电动三轮车一天两趟到批发市场买菜，或是在厨房里汗流浃背地做饭……

每天早上，李秀亭五点多就起床学习。白天活儿那么重，晚上睡得又晚，她能不累吗？她说："小时候听老人说，力气是奴才，使了它再来。累了好，倒下就睡着，睡一觉就又浑身都是劲了。"

一位来自天津大学的教师看到衣着打扮像个老服务员的李秀亭，不敢相信她就是身家上千万的院长夫人。她对正给大家盛饭的李秀亭说："大姐，您辛苦了！"李秀亭开心一笑，答道："我心里甜着呢！"

李秀亭自豪地说："我的使命才刚刚开始，希望以后能有更多的人来参加幸福人生学习班，我感到非常非常幸福！"

### 故事 39　父母贴身小棉袄，深夜义务淘粪工

敦复书院扩建改造时，正是大热天。为了减轻财务压力，王英杰夫妇带领全家和义工，穿上工作服，装修搬运、扫墙洗地，干了大量又脏又累又热又闷的活儿。当时基础设施不完备，启用的是旱厕。

一天半夜，有位老师去方便，发现一男一女正在淘大粪，仔细

一看，原来是王院长的大女儿王晓丽和大女婿陈彦滔。王晓丽当时是敦复书院的党支部书记，陈彦滔负责外联，同时兼任大厨。白天，小夫妻俩冒着酷热，将书院的楼梯油漆了一遍，夜晚，还来淘这臭烘烘的大粪。这段“新闻”在书院人心中掀起波澜。有几个年轻义工和学员也去帮助王晓丽夫妻淘运粪便，有的学员戴着口罩，还忍不住恶心得呕吐，在外面吐了，再进去接着干。

二女儿王利辉，亭亭玉立、清秀靓丽。她留过学，见过世面。办书院前，她掌管着家族企业的经济大权，是自家公司的顶梁柱。办书院后，看着每天如流水的花费，她曾隐隐心疼过。因为她比任何人都清楚，父母为了这些家业付出了多少血汗。但看到父母越来越乐呵，也渐渐理解了他们。为了替父母分担些工作，她成了书院的勤杂工，哪里需要，她就出现在哪里。对外地来讲课的老师迎来送往，安排食宿，取钱汇款，都是她忙里忙外，整天一身简装，素面朝天，看上去和工厂里的打工妹没有什么两样。

王英杰说，“老祖宗告诉我们：遗金于子孙，子孙未必能守；遗书于子孙，子孙未必能读；不如于冥冥当中积阴德，以为子孙长久之计。我也学父母，把德行留给子孙后代。”而王英杰的后代正默默地把父母的德行心愿变成自己的修养和行动。

### 故事 40　一大家人来办学，同心同德同协力

《论语》曰：“德不孤，必有邻。”

王英杰夫妇的老家在河南郏县，自己富裕后，亲戚中不少人随

他到开封工作、生活。最初听说办学，亲人们有些不理解，因为他们见过两口子像苦力那样卖命挣钱。他们希望王英杰能苦尽甜来享受生活。但是，王英杰太不像老板了。他不吸烟、不喝酒、不吃大鱼大肉、不拉扯、不打牌、不进娱乐场所，也不爱参加什么聚会应酬。后来，当他们亲眼看到王英杰夫妇以办学为业，整天沉浸在幸福满足之中时，渐渐懂得了“助人快乐，自己快乐”的道理。于是，从最初的被动，转向了主动参与，亲戚们各展所长，各尽其能。

八十一岁的表哥刘德智，写得一手好字，专程从老家赶来，在书院长期班教授书法知识，一教就是半年，一丝不苟，认真负责；侄子王忠豪，负责每次讲课的录像及音响，舞台设计灯光设置；侄媳妇魏素芳，在厨房帮手打杂；外甥媳妇杨金环，负责后勤杂务，里里外外，不管是三十人、五十人、八百人吃饭，只要交代一声，从没出过差错；外侄女李晓慧和丈夫周会轩负责书院水电，只要一进书院，就忙里忙外，尽心尽力；族里的外孙女王少沛，大学毕业后在书院学习了两年，后又到南京居美馨学习十个月，回来后担任实习班主任，是书院的长期义工；外孙子王少总、王少渊都在书院做专职义工，还带着他们的未婚妻也来书院学习，干杂活。

外甥王俊峰，除负责书院安保和里外杂事，还负责照顾姥爷的起居，细心周到地替舅舅王英杰尽孝。王英杰的老岳父，因瘫痪多年，肠胃功能不好，排便很费力。尽管经常对他的饮食细心调理，仍须每天帮老人排大便。这种又脏又臭的活儿，主要由外甥王俊峰负责。对照顾老人，他无怨无悔，默默地实践着中华的传统孝道。在他看

全家福

来，“王院长夫妇太忙了，干的是利益社会的大事，是属于社会大众的，而照顾老人这种小事，我来做就好了。”

王英杰说，经常有人问他办书院图的啥。“看到孩子们个个都如此孝顺、懂事，自觉传承传统文化，我能不乐在其中吗？”

## 故事 41　不义之财绝不取，网吧高价也不租

孔子曰：“不义而富且贵，于我如浮云。”“君子喻于义，小人喻于利。”孟子也说，不义之利不苟得。义者，“事之所宜也”，是某种特定的伦理规范、道德原则，是儒者心中至高无上的道义。利者，“人之用”，后世多指物质利益。如何看待二者的关系，便形成义利观。在中国传统文化中，正确的义利观占有很高的地位，是古代人民所推崇的做人做事的标准。

在现代社会，人们的生活越来越离不开电脑和网络。然而，对于孩子们来说，那些遍布城乡角落的网吧，像一个个美丽的陷阱。据调查，上网吧的孩子中，80% 以上是打游戏，15% 或 16% 是交友聊天，真正查询资料、网上学习的为数极少。有数据显示，有 13% 以上的青少年男生因迷恋上网而造成严重后果。网吧使许多学生失魂落魄、无心学习、前程毁弃，甚至误入歧途。在一些网吧老板腰包鼓胀的同时，倒下了一批本该风华正茂的学生，他们用自己最宝贵的青春来为网瘾埋单。

2009 年的一天，王英杰的二女儿王利辉无意中看到一些网吧误导青少年的新闻报道，内心纠结起来：我们一边开传统文化书院教

育社会大众，一边把房子租给别人开着网吧，这合适吗？《了凡四训》讲，要修善，先断恶。经过一番内心思想斗争，她去找父亲王英杰："爸，我们有一处租出去的房子一直在开着网吧，我去考察过了，他们生意非常红火，里边绝大多数都是未成年的孩子。这家网吧会给多少孩子带来危害啊。要不，房子别租给他们了，您看行不？"听了这话，王英杰陷入深思。

当时，敦复书院正处于建设发展期，开支很大。那处将近一千平方米的房子，租金能给书院带来不少的收入。

"要道义！"王英杰权衡之后，选择了停租。王英杰回忆，刚开始给网吧老板打电话，对方还以为他想涨房租，表示自愿增加一些房租，也不愿意离开这个地方。"你不是宣传传统文化吗？我们可以把传统文化印在鼠标垫上……"网吧老板采取"瞒天过海"之术，想糊弄王英杰。"你就是把菩萨印在上面也不行，开网吧我绝对不同意！"王英杰明白，标识口号这些形式上的东西没有用，孩子一进网吧，仍然会沉浸于网络游戏和交友聊天。经过多次交涉，网吧老板无奈，只好腾出了房子。

这处房子后来闲置了将近一年时间，王英杰家受到不小的经济损失。可是，他说："我们全家都不后悔，想到这能减少对孩子们的危害，我认为我们的路走对了。"

在道义和金钱面前，要做出正确的抉择。这是王英杰给孩子们树立的榜样。

## 故事 42 敬老孝亲有耐心，错过好戏待下回

岳父偏瘫后，王英杰把老人家接到开封，由夫人李秀亭陪侍，在大南门外一家诊所接受针灸治疗，持续了半年多。

治疗期间，有一次岳父要大便，李秀亭搀着父亲来到附近的公厕。由于岳父生活不能自理，蹲下时要有人拉着他的手。李秀亭只好陪着他进了男厕所。老人家排便困难，在厕所里待了二十多分钟，其间，凡是进来的男同志看见他们父女俩，都自动退了出去，耐心在外面等着。老人家如厕结束时，外面已经站了十多位男同志，他们不但没有抱怨，还出手帮忙搀扶老人。晚上回到家，李秀亭和王英杰说起此事，他们由衷感谢这些素不相识的好人。

2013 年 11 月 23 日，《汴梁晚报》的蔡小俊副总编辑和赵国栋主任送给王英杰几张《乌龙山伯爵》话剧票。票的位置很好，每张票价也很高。王英杰心里暖暖的，一方面感激对方的爱心，另一方面也想让孩子们好好欣赏话剧艺术，陶冶情操。

王英杰深知，自从敦复书院建立以来，孩子们跟着自己付出的太多了。

当天书院课程结束后，王英杰在回家之前，已经电话通知了孩子们这个好消息，说要带他们去看平时见不到的精品话剧。然而，到家一进屋，王英杰傻眼了。原来，九旬高龄的偏瘫岳父大便失禁，拉了一床。孩子们二话不说，赶紧搀着老人从卧室到卫生间，给老人擦洗身体，换洗衣服，拖地板。不需要分工，也无需指挥，孩子们干得井井有条，没有一个人嫌脏怕臭。外甥、女婿、侄女女婿，

❶

❶ 大女婿陈彦滔开课期间为学员们做饭

❷ 中间是王英杰的岳父，右一是王英杰的外甥

❷

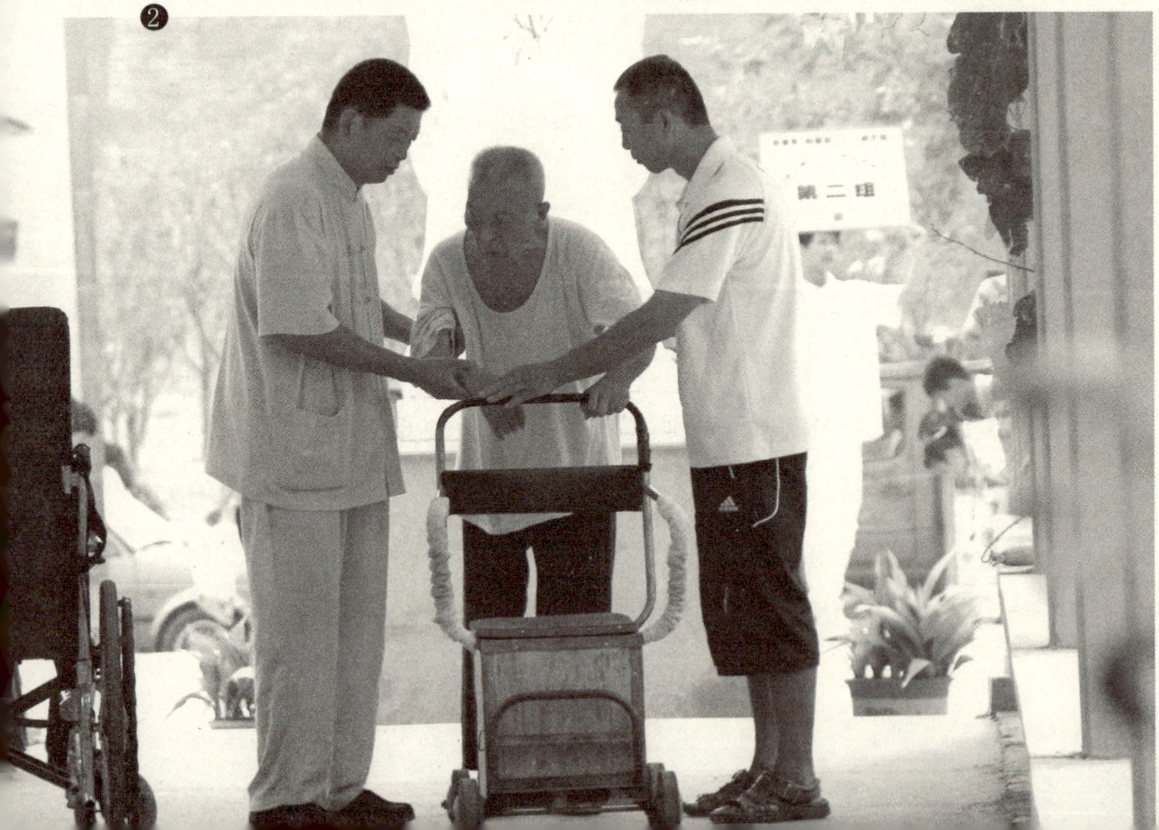

三个孩子分工合作，伺候着老人，那么耐心细致，那么体贴周到，这样温情的画面让王英杰由衷地高兴。

“人生在世，夫复何求！”传统文化，让孩子们懂得孝道、践行孝道，王英杰从父母手中接过的做人之道，在孩子们的自觉行动中得以传承。

待到清理收拾干净之后，孩子们又马上去药店给老人买药，好一通忙碌，这才放下心来。回头看看表，话剧早已经开演，戏票作废了。但大家没有一个人再提看话剧的事，王英杰更加欣慰。他明白，这就是学习传统文化的结果。

### 故事43　怜贫惜弱传家风，正是王家好女婿

2011年的一天，王英杰的大女婿陈彦滔开着岳父当天才挂上牌的新汽车到外地去办事，途中口渴，就把车停在路边的一个西瓜摊旁。没吃几口西瓜，只听见身后“哐当”一声，原来，一位骑电动三轮车收废品的大爷由于拐弯速度过快，来不及刹车，撞到了他的车上，崭新的车灯被撞碎了。他马上赶过来，扶起大爷，问是否撞伤了。

“俺倒没事，及时跳下车了！可是这汽车，这是谁的车？俺可赔不起啊。”大爷满脸紧张，望着被撞坏的新车，急得直甩手。

陈彦滔看到大爷发愁的样子，悄声说：“我是车主，只要您没受伤就好，要是没事，您就先走吧……”大爷一下子反应过来，开着电动三轮车一溜烟跑了。陈彦滔望着大爷的背影，脸上露出了笑容。王英杰的一个朋友当时在现场目睹了这一幕，非常感慨，打电话夸

王英杰培养的女婿和他一样厚道。王英杰在电话里笑了：“这才是我的好女婿，又替我行了一件善事！”

还有一次，陈彦滔到一家银行取了五千元钱，他走到银行门口，打开存折一看，愣住了。原来是银行的工作人员把取款打成存款了，一字之差，使他的存折上就多出了一万元。怎么办？他马上又排队，再次来到窗口前。里面的那位女职员有些不高兴，问他：“你刚取过款，怎么又来了？”陈彦滔的脸紧紧贴着窗口，小声说明缘由。“你大点声！”里面的女职员没有听清楚，有些急躁，声音里带着不耐烦。陈彦滔又耐心说了一遍，声音依旧小得几乎只有她才能听得到：“同志，对不起，我向您说明个问题，您刚才把我的取款打成了存款。”这次回应他的，先是那位女职员愕然的表情，然后是由衷的感激。她这才明白，这位顾客不仅给她挽回了一万元损失，还保留了她的颜面。之所以把声音压得那样低，是不愿意让她的同事或者领导听到她的工作中出了差错。

不扬人恶扬人善，这正是敦复书院的教育成果啊！

**大道之行也，天下为公。选贤与能，讲信修睦。故人不独亲其亲，不独子其子，使老有所终，壮有所用，幼有所长，鳏寡孤独废疾者，皆有所养，男有分，女有归。货恶其弃于地也，不必藏于己；力恶其不出于身也，不必为己。是故谋闭而不兴，盗窃乱贼而不作，故外户而不闭，是谓大同。**

**——《礼运·大同》**

# 第三篇　弘扬：礼仪之邦，德化世风

王英杰将送煤球、卸片石、装西瓜、搞房产攒下来的千万元资金都用于办义务教育，其志、其行，堪称当代武训。书院自创办以来，先后听课受教者达三十多万人次，其中大部分是青少年，教育了很多人，改变了很多人，成就了很多人。

在王英杰及全家大爱精神的感召下，敦复书院的义工队伍自然形成，迅速发展壮大。他们来自各行各业，上有七八十岁、白发苍苍的老人，下有七八岁、十多岁的童稚娃娃。他们都是祖国优秀传统文化的学习者、受惠者、习练者、追随者和传播者，他们把敦复书院看成自己的家，看成纯洁心灵的青山绿水。他们风趣地说：春有百花秋有月，夏有凉风冬有雪，心中若有烦恼事，敦复书院度岁月。

### 故事44　传递善心传递爱，春风化雨百花开

人们都说，王英杰的敦复书院，咋恁大吸引力哩?

卖豆腐脑的李建军夫妇，是一对下岗工人。他们半夜就起来，用心做了一大锅白生生的热豆腐脑，天不亮就骑着电动三轮车，从东郊送往位于西城墙外的敦复书院。怕路面不平把豆腐脑给颠碎了，夫妻俩小心翼翼地缓慢行驶。豆腐脑是专程送来给敦复书院开大课的学员吃的，全免费。三期幸福人生课程班，每期四天，他们坚持送了十二天。每天那一大锅两百多碗豆腐脑，是他们家当天的全部收入，可他们执意不收一分钱。

个子高高的何琳老师和张琳老师是一对要好的退休老师，又是书院吃苦耐劳的义工负责人。每次幸福人生课程开课，她俩都自己掏钱订购两个五六十斤重的大豌豆糕，让外地学员品尝开封特产，由张记豌豆糕的师傅直接送到敦复书院食堂。张师傅送了两趟，好

奇地问 :“我能不能听听大讲堂里讲的啥？”他听了一个小时，要回家忙生意了，走时高兴地说 :“讲得好，回头让我家里人也来听听。”第三次他来送豌豆糕的时候，说啥都不要钱了。王英杰送给他一袋面和一些蔬菜，搬到车上他又卸了下来，坚决不收。第四次是双方一个坚持要给一个坚持不收，相持不下。三百多元的豌豆糕，张师傅只留下了一百元。他说 :“你们讲的做的，真让人感动，也让我做点小奉献吧！”

还有，长葛市一位企业家多次捐款，共计二十多万元 ；宝鸡市一位企业家捐款五万元 ；郑州市一家企业给书院安装一套能供两百多学员洗澡的太阳能热水器 ；还有一家公司参加学习后，派人送来了面粉、大米各十八袋，食用油十八桶 ；张庆辉、祁美丽等八人将书院食堂开大课时需要的蔬菜全义务承包了。远在内蒙古和西安的亲属们，也纷纷对书院给予支持。经常有学员寄自全国各地的包裹，有的是一箱茶叶，有的是一袋大枣，还有供讲课老师保养喉咙的金银花。更有无数人为敦复书院默默祈祷，祝愿书院越办越好。

王英杰小时候，母亲教过他一句话 :“娘是金口，吃谁谁有。凡是孝顺老人和做善事的孩子，老天不会让他吃亏饿肚子的。”他把天下的父母当作自己的父母，把天下的孩子当作自己的孩子。餐厅里标语也与众不同 :“到家了，吃吧。”这个家，是大家的家，是真善美的桃花源。虽然现在敦复书院每月需十几万元的花销，全靠王英杰的房产租金收入维持运转，但王英杰相信，只要好心做善事，传播大爱，发展书院的资金就会像泉水一样永不枯竭。人心向善，这

❶ 比蔡老师还大两岁的老伴党月修

❷ 蔡明玲在厨房帮忙

❸ 蔡明玲在颁奖现场跟老伴的合影

也是敦复书院传播传统文化的魅力所在。

### 故事 45　退休局长献余热，一对老义工明星

曹操的《步出夏门行》诗云：“老骥伏枥，志在千里。烈士暮年，壮心不已。”

敦复书院年纪最大的义工是蔡明玲夫妇。王英杰回忆起六年前开办第三期幸福人生学习班时，来了一位七十三岁的老人。她清清瘦瘦，一头白发，一天来三次，要求做义工。王英杰夫人李秀亭接待了她，但没同意。因为她年龄大，怕她身体吃不消，万一累出个好歹来，书院担当不起。晚上，她又到家里来找王英杰夫妇，态度极为恳切地要求当义工。王英杰为她的真诚所感动，勉强同意她来，但只同意她干点择菜之类的轻活儿，千万不能累着。后来，王英杰发现，这个老太太与众不同，干活踏踏实实，洗碗、切菜、打扫卫生，从来不挑不捡，看见啥活干啥活，来得早，走得晚，从没一句多余的话。后来，开封大学一位退休的老领导认出了她，说她是开封市档案局退休的副局长，大家对低调的她更加敬重。

2012 年开大课时，伙房调了两大盆素馅，包包子的人手不够。蔡明玲说：“我打电话搬兵。”她搬来了一老一小，老的是蔡老师的老伴党月修，比她还大两岁。党月修心疼老伴，巴不得多替蔡明玲干点活，他手脚麻利，擀包子皮飞快。小的是蔡明玲八岁的小孙女，嚷嚷着要跟着爷爷奶奶来帮忙。从那时起，他们俩就长驻敦复书院，成为妇唱夫随的一对义工老明星。

蔡明玲一家人生活得幸福和睦。蔡明玲今年七十七岁，党月修七十九岁，儿孙满堂，孩子们担心他们俩年纪大了，不愿意让他们外出干活儿，可一听说要去敦复书院，马上放行。书院开班时，二老期期都到，干活认真，任劳任怨。有一次电视台来采访，蔡明玲笑称自己受党教育多年，现在是利用退休后的“剩余价值”进行“余热发电”。后来，她还担任了敦复书院的党支部书记。

2014 年，在开封市“寻找最美女性”颁奖会上，蔡明玲当选为开封市“我身边的最美女性”。原来，她还是与癌症抗争二十多年的“抗癌明星”，她经常现身说法，给癌症患者以信心和希望，带动抗癌协会参加了敦复书院的国学班。

如今，年近八旬的她总结自己大半生的生活奋斗经历，完成了厚厚的一叠《抗癌创新生》手稿。她说：“为学习弘扬祖国优秀传统文化鞠躬尽瘁、死而后已，这才能体现我的人生价值，这也是一名老共产党员的精神追求。”

### 故事 46　义工小夫妻，敦复改习气

在敦复书院以“夕阳红”为主体的义工团队中，一对年轻的小夫妻格外引人注目。男的叫李轲，负责媒体、宣传、摄影等工作；女的叫师园园，负责为来书院交流指导的老师和领导讲解敦复书院的工作开展情况。师园园的讲解引人入胜，像介绍名胜古迹一样将敦复书院的好人好事全部呈现出来，大家都赞不绝口，夸她不愧为开封导游的“女状元”。俩人除了各尽所能外，书院里各项粗活细活，

只要交给他们，始终干得无怨无悔。

夫妇俩跟敦复书院的结缘，始于2010年夏天。李轲回忆，当时他因为做了个小手术在家休病假，母亲给了他一张听课卡，上面写着敦复书院第三期幸福人生讲座。他没好气地对母亲说：“我不去。”母亲说：“你去吧，那里的老师专门搞传统文化教育，我在那里当义工，人家讲得可好了！这个听课机会是咱们老街坊陈大夫给你争取的。”

碍于母亲一再坚持，李轲第二天早上只好随着母亲来到敦复书院。母亲去厨房忙活了，他抱着膀子，看着身边来来往往各地口音的学员，心想，我这是不是进了传销窝里啦。这时，一位六十岁左右的老人，满脸笑容跟大家打招呼，还向他笑了笑。他瞥了一眼，心里说，别给我来这一套。当时他并不知道，这就是敦复书院的王英杰院长。李轲不耐烦地正准备骑车回家时，一位义工向他鞠了个九十度的躬说：“老师，您是第四组的，请跟我来这里排队吧。”长这么大，还是第一次有人称呼他老师，第一次见别人这么恭恭敬敬地给他鞠躬，李轲心里又欢喜又有点紧张，也不好意思走了。

排着队来到教室，桌子上已经摆好了《弟子规》，李轲以前从没听说过，更没读过。主持人要求齐诵《弟子规》，李轲翻了翻，想，这么长，我才不读呢。后来在大家都认真诵读的环境中受到感染，不得不跟着大家滥竽充数读完了《弟子规》，开始正式上课。第一节课是李伟民老师讲的《百善孝为先》，一直都很坚强的他，不知道怎么了，眼泪竟止不住地往下流。一上午的课程，老师教会了他什么是孝，怎样去行孝。联想到父母、单位领导为所他做的种种事情，

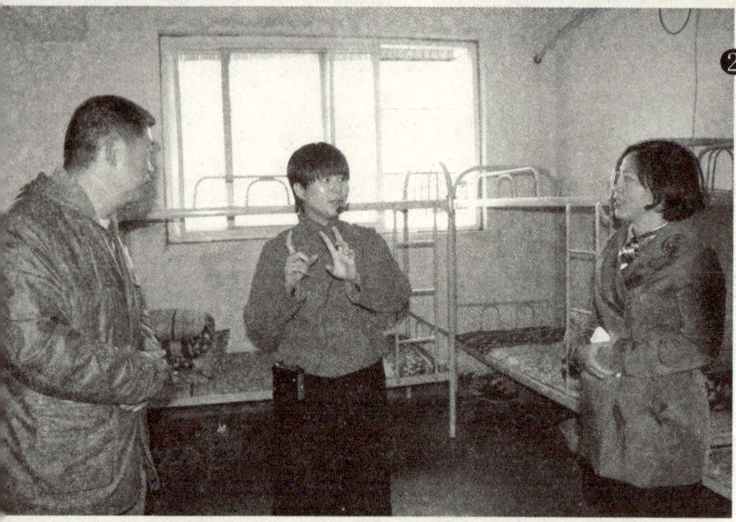

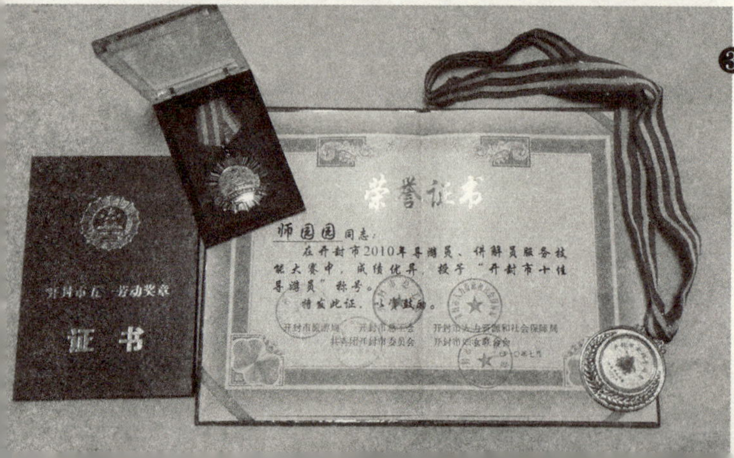


❶ 李轲（左一）正在对接设备

❷ 师园园（中）正在讲解敦复书院院的故事

❸ 五一劳动奖章

这个任性的独生子，第一次陷入了反思。中午，他随着母亲排队吃饭时，按照母亲的叮嘱，第一次把碗盘里的食物吃得干干净净。不经意间，他还看到餐厅门口有位老师将一位学员碗里的剩菜剩汤端起来喝掉了，她在用实际行动教会大家爱惜粮食。他被这个举动震惊了，真正理解了“谁知盘中餐，粒粒皆辛苦”的含义。一上午的课程让李轲学会了两件事——孝顺和吃饭。就这样，他完完整整听完了第三期幸福人生讲座，从此也加入书院义工的团队当中。回忆起刚来敦复书院的场景，李轲常说：“感谢母亲把我带进传统文化这个课堂，让我知道了什么是中华优秀的传统文化，感谢王英杰院长创建的敦复书院，让我学到的电脑知识得以发挥到正道上。”七年来，他参与着，也记录着敦复书院发展的每一个足迹。

在妻子师园园眼里，李轲像变了个人，以前他一回到家里，就坐在电脑前玩游戏；现在不管回来多晚，总喜欢在母亲床边陪母亲说会儿话，分享在书院学到的和看到的，已经成了他的习惯。母亲喜欢绣十字绣，李轲就站在身后，边聊天边给母亲按摩肩膀，还经常熬夜给书院制作视频。为了弄明白丈夫转变的原因，在婆婆的带领下，师园园到郑州参加了一次传统文化论坛。开始她根本就坐不住，屁股就像坐在针毡上一样，左扭扭，右转转，借着上洗手间时跑出来溜达，可无论走到哪里，全是义工一张张真诚的笑脸，都在不厌其烦一遍遍地给她行鞠躬礼，她实在不好意思了，只得回到课堂上安静下来。

中午，师园园听婆婆讲王院长全家创办道德讲堂的感人事迹后，把平时不爱吃的大米冬瓜豆腐份饭，吃得干干净净，下午也开始认认真真地听讲。老师在上面讲，她在下面哭，一下午的课程似乎把冰封很久的那颗善良的心融化了。课程结束时，她感动地拿出钱包里的两百元钱，坚持要捐给书院，还当场表示："我也想做义工呢，你看她们穿上唐装多漂亮！"李轲说："做义工不是为了穿得漂亮，而是要先改变自己身上的坏习气，以身作则，力行传统美德！"

回开封的路上，师园园望着车窗外的细雨，一直默默地反思自己。《弟子规》教诲说："对尊长，勿见能。"自己从十八岁时学导游专业，就开始实习打工，觉得自己有本事，能挣钱养家，给家里买了全套的家具家电，就显摆起来了，傲慢得不行。叛逆期更是经常和妈妈顶嘴，气得妈妈打了她一巴掌，她还又恼又恨。现在回忆起来，真想自己抽自己，怎么能这么大逆不道呢？说不定妈妈的心脏不好，就是自己当年惹妈妈生气落下的病根儿。

师园园后来又参加了一期敦复书院学习班，在几天的义工生活中，她每天都要鞠躬一百多次，在这一次次的弯腰行礼中，她把以前生活工作中的傲气全放下了。后来，师园园毅然决定辞掉工作，做专职义工。她从十八岁起做导游，曾经是开封市"十佳导游"第一名，2010年获得了开封市"五一劳动奖章"，现在要把这些名利荣耀全部舍弃，同学同事都怀疑她脑子进水了，说她精神不正常。可是回到家里，公公婆婆和爱人都非常支持她。师园园从此全身心投入义工事业，接受精神洗礼。现在，婆婆在家为小夫妻俩照顾孩子，公公也是位爱做善事的热心义工。有空时，小夫妻会陪双方父母聊天，争着做家务，给父母洗脚、按摩；生日的时候，跪谢父母养育之恩；三岁的小女儿也在背《弟子规》，吃饭的时候，懂得先礼让爷爷奶奶和爸爸妈妈。小夫妻俩都说，虽然挣钱少了，但一家人和乐融融，深感幸福。

### 故事 47　书院如家情意浓，源源不断感恩米

2015 年之后，如果你到敦复书院拜访，可能会发现食堂里的大米吃起来特别香，因为这是一位学员捐赠的感恩大米。在一袋袋大米里，蕴藏着一个学员和书院爱心互动的故事。

这位学员就是来自息县农村的许显著，是敦复书院长期班的学员。他说，刚一进入敦复书院，就立刻感受到大家庭的浓浓爱意。用院长夫人李老师的话说："谁能有我幸福快乐？我有这么多好孩子。"长期班每次开班之初，慈父般的王院长总是语重心长地说："孩子们，我们能走到一起，是我们莫大的缘分。来到这里，我们就是一家人，我就是你们的大家长，今后不管是自身问题，还是家里有什么难处，都可以给我讲。"学员大多是来自农村的孩子，他们很快就打消了自卑胆怯，有的还忍不住涌出泪水。许显著更是珍惜宝贵的培训机会，每天沉浸在学习祖国传统文化的快乐中。

2014 年 8 月，许显著接到妈妈患重病的消息，她的身体极度虚弱，医生告知最多能再活两年，一家人仿佛天塌地陷一般，沉浸在无边的痛苦之中。也许不得不离开敦复书院了，小许满怀对书院的不舍和对妈妈患病的焦虑。王院长知情后，马上安排他休假回家看望妈

妈，还一再嘱咐他把妈妈请到书院里来住一段时间。就这样，小许带着妈妈来到书院，院长和夫人精心安排许妈妈的食宿生活，经常来嘘寒问暖。爱是最好的良药，妈妈的病情不但没有恶化，反而奇迹般逐渐好转起来，医生说连药物都可以不用再吃了。这对许显著一家来说，无疑是极大的惊喜，而这一切都得益于敦复书院的领导、老师和众多爱心人士的帮助。

后来，敦复书院王英杰院长因病住院，虽没告知学生，但敏感的孩子们还是觉察到了。大家都很担心，私下里默默为院长祈祷。当院长出院的消息传来，大家都欢喜雀跃。有细心的学生认真观察后发现，病愈后的王院长爱上了吃大米饭。他们偷偷请教了院长夫人李秀亭老师，李老师也说不清为什么。许显著心中暗喜，认为自己回报的时机到了。因为在当时的长期班学员当中，唯有他的家乡息县盛产大米。

怎么才能把大米运过来呢？许显著想：我能到敦复书院学习，是县里的宋瑞书记推荐的。对，就请她帮忙！两人虽然未曾谋面，但是凭着对传统文化的共同爱好，许显著对宋书记非常信任。他给宋书记写信并寄去了银行卡，卡里有他以前辛苦工作积蓄的两万五千多元钱，他托宋书记每季度给敦复书院发来一千五百斤上好大米，直到钱款用完为止。宋瑞很快联系了息县米业公司，每季度第一个月，一千五百斤大米准时抵达开封。

许显著的义举和知恩报恩之心，感动了息县，也推动了传统文化的学习和普及。宋瑞来信说，息县要摘掉上访大县的帽子，正在打造文明道德示范县、孝心示范县。她感谢敦复书院这些年来呕心沥血、坚守圣地，为传承先祖圣贤教育，光大传统文化所做的无私付出，感谢书院为社会培养出知感恩、行大道的年轻人，为匡扶世风，重塑道德观、价值观，进而实现中国梦做出的贡献。

### 故事 48　年近古稀副院长，激将赌进敦复堂

说起与敦复书院的结缘，年近古稀的郭占生还忍俊不禁。

2009 年，郭占生的妻子刘秀莲从敦复堂听课回家后，不住口地称赞。老郭却不以为然："听课不要钱？还给发书？天下哪有这样的好事？再说，孔子那些东西谁不知道，过去批林批孔，我还批过孔夫子哩！"

两个人过了大半辈子，老郭在家一直是说一不二的"一把手"，刘秀莲太了解他的脾气了，所以并不分辩，而是采用激将法，问他敢不敢跟她一起去敦复堂一探究竟。就这样，老郭被妻子"赌"到了敦复堂。一进大门，列队迎接的义工们一个九十度的鞠躬，令他心灵受到震撼。他开始跟随义工打扫卫生，当时正是三伏天，不一会儿就出了一身臭汗。快中午了，妻子说老郭会做饭，推荐他去厨房。老郭心想：又热又累的，别说是义务的，就是给钱，我也不能干啊。做义工之余，他去听倪敏达老师讲的第一期幸福人生课，越听越想听，越听越有滋味。他这才明白："文革"中所谓的"批林批孔"，全是断章取义加以歪曲，糟蹋了老祖宗留给我们的优秀文化。

第二期幸福人生大课，学员很多，可是没有厨师。郭占生主动

①

②

③

❶ 孙寒梅老师

❷ 孙寒梅老师教大家手语歌曲

❸ 许显著与母亲的合影

❹ 郭占生主持毕业典礼

④

请缨说："我来干！"当时条件简陋，厨房是四根棍围一圈塑料布，上面太阳晒，下面油火燎，汗湿了又干，干了又湿，老郭倒不觉得累了，还同大家有说有笑的，饭菜也得到了学员们的好评。后来因为要陪伴外孙到外地求学，他暂时离开了敦复书院。王英杰、李秀亭夫妇总想着他，不断打电话问候。大前年，老郭还是割舍不下，毅然回到敦复书院，以书院为家，担任处理教学及其他事务的副院长，有时还亲自登台讲课，与大家分享研习国学的快乐。

郭占生说："过去在家里，谁也不能触犯我的权威，啥事都是我说了算。通过修炼，我明白了，脾气不好是一种傲慢，现在我们家是谁对听谁的，我尊重孩子，心疼忙里忙外的妻子，孝敬病床上的老母亲，家庭更和睦了。"有一次，他的老朋友诉苦说："我一年拼命能挣七八十万，给儿子买了套大房子，儿子还嫌地段不理想，想想真生气啊。"老郭说："我儿子孝顺懂事，挣钱给我花，还说他事业的发展，不仅是他的能力，更是父母做义工积德累功所致。"鲜明的对比发人深省，郭占生说："个人的身心修炼最为重要。我决定将我的后半生投入传统文化的学习推广中，决不后退！"

### 故事 49　爱心寒梅似春雨，润育学员细无声

孙寒梅性格温柔娴静，多才多艺，是国家高级家庭教育指导师，河南省孔子学会会员，也是敦复书院非常受人爱戴的国学讲师、德音雅乐老师，还是第三期国学长期班学员的班主任。她曾多次为中小学生举办大型《感恩在行动》教育活动，常年奔波于各地市的机

关单位，进行“传统文化与幸福人生”讲座。她是指引迷途人心的一盏明灯，是孩子们心目中最可亲的妈妈。

一天晚上，讲了一天课的她正要休息，忽然手机响了：“喂，您好，您是孙老师吗？”

“是的，您是哪位？有什么事吗？”

“孙老师您好，平时我碍于面子，不敢给任何人说，今天我听了您的课，我知道您不会笑话我……我和妻子感情不和，孩子也不好管教。作为男人，我非常苦恼，我想把这个家经营好，又不知该咋办才好……”

孙寒梅耐心聆听这位男士诉说，一边帮他拨开心中的云雾，一边不时地用左右手轮换着拿手机，因为手机早已发热。最后，那位男士的心结解开了，才挂上了电话。

孙寒梅一看时间，通话时长一小时二十六分钟。爱人心疼地说：“赶紧睡吧，你明天还有课呢。”接下来的几天里，这位男士每天都会给孙寒梅打电话。后来打电话的次数越来越少，再后来就没有了通话。

有一天，孙寒梅在敦复书院正准备给来自全国各地的学员上课，一位男士激动地一手拉着孩子一手拉着妻子来到她面前，说：“孙老师您好,我就是那个给您打电话的人。这是我儿子,这是我爱人。来，给孙老师鞠躬！我们一家来感谢您！”看着这么幸福的一家人，孙寒梅也开心地笑了。她说：“谢谢，也谢谢你们全家都来听我的课。看到你们一家幸福，真是太好了。”

当然，类似的例子还有很多。这些事例让孙寒梅深深地体会到：作为一名老师，除了应具备必要的知识素养，拥有爱心和耐心更为重要。因为爱心可以点燃爱心，爱心能够愈合伤口，爱心能让一个即将破碎的家庭重现光明。“爱，是时刻能够感受到对方的需要，替对方考虑。”这句话始终是孙寒梅要求自己为人师表的标准。

在担任敦复书院第三期国学长期班班主任期间，孙寒梅深深感到肩头担子的分量。要把一群十八到二十五岁不同年龄、不同基础、不同认知的孩子教好，谈何容易？

刚入校时，长期班学员有的胆小，有的张扬，有的性格偏激，有的不服管教，有的爱劳动但不爱学习，有的爱学习但不爱劳动，各有各的特点。基于这种情况，孙寒梅本能地爱怜这些孩子，因人而异，因材施教。她知道，这些孩子的家长之所以把他们送到敦复书院，是基于对书院和老师的信任，绝对不能辜负，这是自己的责任。怎么才能教好这些孩子？她捧出自己的赤心，放在孩子们手心，推心置腹。只有真正理解孩子，为孩子着想，才能正确引导孩子。于是，马拉松式的促膝谈心开始了，她一个一个找孩子沟通。在她的班里，只有表扬鼓励，没有讽刺挖苦；只有积极向上、学习优秀，没有鄙夷轻视、吃穿攀比；只有识大体、顾大局，以集体为先，没有耍心眼、使小性，以自我为中心。她培养孩子们承担责任、珍视荣誉，让每一个孩子感受到班集体的温暖。让“温、良、恭、俭、让”成为第三期长期班的班训，这五个大字被学生张贴在教室最醒目的位置。

劳心远比劳力更累。有一段时间，孙寒梅的身体出了点问题，懂事的孩子们看在眼里，疼在心里，把对老师的敬爱和感恩付诸实际行动。班里细心的陈慧，每次见到孙寒梅总是说："孙老师，您早点回家休息吧，别太累了。"班长王少总安慰老师说："孙老师，您歇歇吧，您不在书院时有我呢，我保证，班里的一切都跟您离开时一个样。"一股股暖流涌进孙寒梅的心田，她有说不出的幸福，平时所受的累和苦总能在孩子们的关爱声中消失得无影无踪。

孙寒梅对孩子们既有心灵的关爱，更有精神的引领。她想：孩子们现在懂事了，又积累了知识，怎样才能把知识转变成能力呢？她决定通过培训学生演讲来达到这个目的。任务一布置下来，孩子们都感觉压力很大，担心讲不好被别人笑话。孙寒梅耐心地鼓励学生们，充分肯定每一个孩子的优点，培养孩子们的自信。于是，敦复书院出现了一道亮丽的风景：不管是中午还是晚上，同学们都会利用休息时间，自己找一个地方，有立在葡萄架下读演讲稿的，有站在讲台上背演讲稿的，有坐在教室修改演讲稿的，有对着大厅镜子检查自己仪表的……

课堂上，孙寒梅不厌其烦地给学生们做示范，老师在讲台上应有的仪表、讲话的语速、亲切的眼神，更重要的是老师在讲台上不是背稿，而是与听众进行心的交流，然后再让学生一遍又一遍地上台演练。正式演讲那天，胆小的凡双双怎么也不敢上讲台，孙寒梅鼓励她："孩子，别怕，只要你能站到讲台上，孙老师就给你打六十分，你要是不上去，一分也没有，如果你害怕，就看着我。"为了帮凡双双定心凝神，孙寒梅特意坐到教室的中间，让站在讲台上的凡双双始终都能看到她那安详信任的目光。这哪是老师啊？这分明是妈妈慈爱的目光！演讲时，凡双双看着老师，孙寒梅也微笑着用目光鼓励孩子，并伸出大拇指放在胸前对凡双双表示赞赏。

凡双双精彩淡定的演讲出乎所有人的意料。演讲结束时，院长激动地说：“没想到凡双双进步这么大！”凡双双哭了，一双浸满泪水的大眼睛，默默地看着孙寒梅老师。热烈的掌声打破了教室的安静。

一次孙寒梅生病，仍坚持给学生们上了两个多小时的德音雅乐课。等孙寒梅讲完课，王院长上台用哽咽的声音说：“同学们，你们知道吗？今天孙老师带病在给大家上课，我们要不要感谢孙老师啊？”“要！”大家在王院长的带领下向孙老师行了三个鞠躬礼，表达对她的敬意。

“好雨知时节，当春乃发生，随风潜入夜，润物细无声。”孙寒梅老师就像春雨，润育着孩子们的心田。

### 故事50　国学洗礼心灵，何惧深夜风雨

刘红是一位有着丰富教育教学经验的小学高级教师，鼓楼区优秀教师、骨干教师、国家高级家庭教育指导师。2010年，执着于家庭教育的她，在开封鼓楼新天地创办了自己的亲子心灵工作坊。开业那天，她邀请自己一向敬重的王英杰院长及夫人作为嘉宾，以求指导帮助。

热情开朗的刘红，业余时间自学不辍，对中华传统文化更是不放弃，从不懈怠。从敦复书院开办第一期幸福人生班开始，她每次

❶

❷

❶ 孩子们专心致志聆听刘红老师讲课

❷ 刘红老师（右一）带领同学在讲堂上背诵经典

❸ 为学员们提供免费豆腐脑的义工

❸

都赶来认真学习,逐步提升。一场场心灵的洗礼、一次次灵魂的顿悟，让刘红对于人生的价值、生命的意义有了更深的认识。在浮躁纷扰、追名逐利的红尘中，刘红沉浸于传统文化的学习，聆听圣贤教诲，仿佛找到了安放灵魂的净土。她毅然关掉了自己开办的亲子心灵工作坊，带着几十名学生走进敦复书院，成为敦复书院的长期义工。

白天，刘红是在编的正式教师，在学校为学生们上课操劳；下了班，她放弃娱乐、游玩和陪伴家人的时间，全身心投入传统文化传播之中。每个周五晚上，她在敦复书院义务教孩子诵经学文，几年来雷打不动,没有耽误过一节课。有一次,开课前下起了瓢泼大雨，大家都不知课程能否正常进行。这时，刘红打着伞冒雨来了，她一如既往地出现在敦复书院的讲台上。她常说，按时上课，是一位老师最基本的素质，上课，得上到让家长信任才好！她讲课声情并茂，生动有趣，在雨点的背景音乐中，孩子们诵读得格外起劲。下课了，送走学生和家长，已是晚上九点多钟。雨越下越大，刘红抓把伞正要冲入雨帘中，看到王院长夫妇已经安排好汽车，要亲自送她回家。一路走一路欢声笑语，他们对弘扬优秀传统文化事业充满了信心。

刘红放弃了无数的节假日，放弃了与在外地上学的女儿团聚的机会，坚持在敦复书院教课做义工，为书院的孩子们付出太多了。刘红说，中华传统文化应当从娃娃抓起，孩子们年龄尚小，正是树立人生观、价值观，养成良好习惯的重要阶段，圣贤经典教育是指引家庭、教导孩子前进的明灯。学习圣贤经典不能完全理解的，可以先背下来。背书可是孩子们的拿手好戏，练的就是童子功，随着诵读遍数的增多，随着他们年龄的增长，传统文化的大智慧将会引领、伴随孩子一生。

几年来的辛勤付出，换来的是硕果累累。孩子们通过《弟子规》《孝经》《常礼举要》等课程的学习，诚敬之心、谦和之态有明显的提升，好习惯渐渐养成，受到众多家庭的称赞。2014 年 3 月，刘红开始了国学经典《论语》的教学，分周五儿童经典班和周日成人班两个时段进行，小到四岁的娃娃，大到七十岁的长者，纷纷热情地投入《论语》的学习之中。刘红授课的周五经典班，能够全部背诵经典《论语》二十篇、共四百九十二章的学生已有多人。每一次课后，都是刘红亲自一篇、三连篇、五连篇一个个审核通过的，她自己也和孩子们展开背诵竞赛。

听着孩子们的朗朗童音，流畅地长篇背诵，王英杰喜欢得将孩子们搂在怀里。他深切感受到，传承和弘扬祖国传统文化大有希望！

### 故事 51　传统文化正能量，生活给予的奖赏

满怀远大理想的王小慧，曾是中学二级教师、优秀班主任，又考取了国家级心理咨询师、国家级高级家庭教育指导师等资格证书，还开过书店。近五年来，她舍弃物质利益，全心全意做义工，现在负责安排敦复书院的日常教学及培训，主持亲子夏令营及书院大型活动，每周六晚上带领学生学习《大学》《三字经》《弟子规》等经典，许多孩子发生了可喜的变化。王小慧通过诵读经典，参加习劳，完善自身，正己化人，影响带动着身边的许多家庭走向和谐美好，也

见证了发生在书院的许多难忘故事。

2013 年 6 月 16 日上午十点，一场来自郑州大家庭的十八岁成人礼在敦复书院举行。成人礼的主角是即将到美国林肯大学读书的夏云鹏，他是家里的独生子。为了让儿子永远记住自己是炎黄子孙，热爱传统文化的妈妈提议举办这场别开生面的成人礼。

成人礼上，签名簿的扉页上是遒劲的诗句：“良辰汴京办盛典，云鹏十八已成年，忠孝家国迎风雨，扶摇羊角任翔旋。”从云鹏刚刚出生的录像带，到十八岁中每个成长阶段的视频、照片，从爷爷、奶奶、姥爷、爸爸、妈妈等亲人争赋藏头诗，到纷纷登台深情祝福，尤其是妈妈的寄语，人未说话泪满面，全场都感动得落泪。宾客中有位来自澳大利亚的吉姆先生，也是夏云鹏的大朋友，他的发言很幽默：他遗憾自己没有这样的成人礼，他惊叹中国人的家庭教育文化底蕴如此深厚。他说，郑州暂时少了一个儿子，而世界将多了一个男子汉。十八岁的夏云鹏，将从祖国传统文化的根基上起航！

王小慧负责做义工的培训。一次，来自博爱县的八名义工，第一天就有一个被劝退，打起背包回家，第二天知难而退两个，坚持到底的有五位。每位义工都要付出艰辛的劳动，具备忍受委屈的精神，才能合格。在举办传统文化论坛的第一天，由于前来听课的人数超出了原计划，中午准备的饭菜不足，这些做饭的义工师傅，盛碗汤就着蒸烂剩下来的凉包子吃得津津有味，没有丝毫委屈、怨言。

来自洛阳新安县的工商联主席许建国夫妇，作为普通学员被录取。因这个培训班不能带孩子参加，他们马上把八岁的儿子安置到

❶

❷
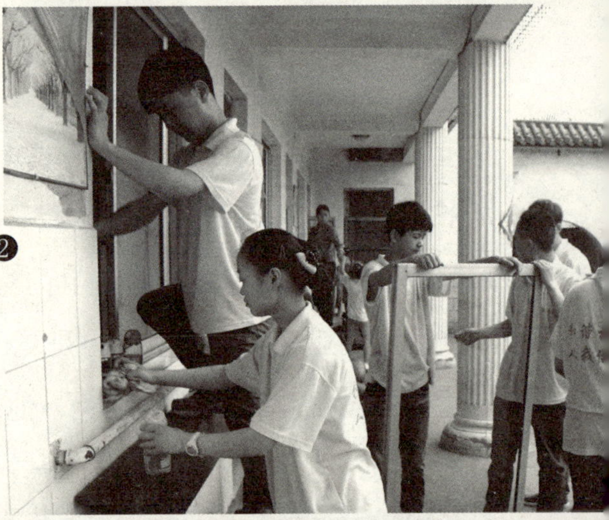

❶❷ 书院长期班学员到敬老院看望老人，组织义务劳动

❸ 王小慧老师

❸

亲戚家。夫妇二人谦虚低调，专心学习。后来小慧发现，许建国对传统文化颇有研究，完全可以当自己的老师，敬佩之情油然而生。

王小慧说，每次义工经历都带给她新的感动，这是传统文化的正能量，也是生活对自己的最好奖赏。

### 故事 52　家庭破裂伤孩子，圣人面前勇忏悔

2014 年 2 月 25 日至 3 月 31 日，敦复书院举办了为期一个多月的《弟子规》学习班，一共来了十六名学生，他们都是十三至十六岁的孩子。除班主任负责之外，学院采取了“中手拉小手”的方法，就是让长期班的学生带短期班的学生，让教育化于同龄人之间，相互影响。

一天中午吃饭的时候，王英杰发现有个女孩子没有来餐厅。学生反映：“有个学长在老祖宗像前反省。”“反省？”王英杰听了，心里又喜又忧，喜的是孩子知道自己错了，忧的是担心孩子有什么委屈，不吃饭伤了身体。想到这里，他马上放下筷子，迅速来到二楼教室一探究竟。只见一个女孩手持细香，跪在庄严的孔子像前，随着袅袅升起的青烟流下眼泪，向老祖宗自陈己过，深刻忏悔。除了王英杰，还有几个学生也一起跟过来了。王英杰关心地问：“是谁让你这样做的？是班主任吗？”“不，是我自己。”孩子回答。王英杰又问：“你为什么要这样做？我们书院以前没有发生过这样的事。”

孩子说：“今天上午带班学长分享时感动了我。知道妈妈十月怀胎，生我不容易，妈妈对我有生育之恩，我没有报答，还一直记恨妈妈，

弟子规夏令营合影

我很懊悔，才自己主动跪香。”没说几句，孩子的眼泪又像断了线的珠子一样滚落下来。看得出这孩子身上有故事，王英杰劝孩子先去吃饭，吃完饭再来办公室讲。

王英杰说，在办公室里，这个孩子边哭边说，他也陪着忍不住落泪。原来，孩子的爸爸妈妈几年前离婚了，她和弟弟跟着爸爸一起过。为了养家，爸爸起早贪黑在外赚钱，年幼的她和弟弟在家孤独无助，过早地承担了家庭的重担。在困苦生活的煎熬中，女孩对自己的妈妈生出恨意，恨她令姐弟俩失去了家庭的完整。女孩满心苦楚无处诉说，经常一个人生闷气，这个十几岁的漂亮女孩子，竟因此患上甲状腺机能亢进、心律不齐等疾病。看到孩子因病导致甲状腺肿大、眼睛突出等症状，又想起孩子孤独无助的可怜情形，王英杰的心久久不能平静。平常中午休息时，王英杰有静坐的习惯，然而那天，发生在女孩子身上的故事，令他心绪难安。

王英杰感叹，现在有些年轻人成家以后，视婚姻如儿戏，很多人有了孩子还轻易离婚。这对孩子和老人是多么大的伤害！这对孩子心灵将会造成永远无法平复的创伤。

许多研究结果证明，父母离异将使孩子饱受痛苦情绪困扰，他们常会借无名火来宣泄被遗弃的恐惧不安，且常常攻击身边的人及毁坏东西。一位心理学家说：“父母离婚会造成孩子人格的扭曲。有的孩子得不到应有的关心爱护和正确教育，逐步陷入流氓集团，从而走上犯罪道路。”据有关专家统计，在父母离异的家庭中，青少年犯罪率达 40% 左右。北京曾有一居民家里发生了一起盗窃案，被盗现金十万元。公安部门仅用四天就将案犯抓获。破案后，干警们脸上却没有胜利的笑容，因为四个案犯全是正在上中学的孩子，其中三个都生活在父母离异的家庭。

社会和谐需从家庭和谐做起，从夫妇和睦做起。王英杰祈愿每一个人都学习圣贤文化，以传统文化共同建设我们美丽的国和家。

## 故事 53　仁爱化冷漠，真诚开心锁

被迫来敦复书院学习的，有不少是父母老师眼中的问题孩子，父母、学校感到教育不了，束手无策才送到敦复书院做最后的尝试。因此王院长和老师们，尤其是班主任，可谓操碎了心。

2015 年 4 月，一个女孩子被父母及亲戚“绑架”进了敦复书院。女孩有二十岁左右，父母都是外地某单位的领导干部，在单位很受同事和下属尊敬，却偏偏处理不好与女儿的关系，父女、母女之间冲突不断，关系恶化到孩子不肯上学，把自己反锁在房间里不愿见人。他们曾将女儿送到其他学校“改造”，结果反而加重了女儿的逆反情绪，决心与父母“抗争到底”。父母实在没办法了，经朋友介绍，与几位亲戚一起，把女儿塞进汽车，奔波数百公里来到敦复书院。

女孩被长辈们强行安置到敦复书院的宿舍里，她父母和亲戚们忐忑不安地走了。她的情绪并未平复，把抗争转移到了敦复书院。三天三夜了，女孩不吃一口饭，不喝一滴水，脸色苍白，嘴唇干得直脱皮。大家都担心：这样下去出人命咋办？王英杰更是揪心，一趟趟往女孩住的楼上跑，女孩不理不睬。第四天，王英杰坐在女孩

床边，低声问女孩：“孩子，这里的老师歧视你了吗？”女孩沉默着，轻轻摇摇头。“孩子，学长们关爱你吗？”女孩点了点头。王英杰说：“你不知道啊，有个学长见你这个样子，她哭了一夜。学长说，她没来敦复书院前也跟你一样。孩子啊，大家都心疼你，想帮你啊！”说到动情处，王英杰也哽咽了。

女孩突然说话了：“你管这么多人吃的住的，能撑得住吗？将来钱花完了咋办呢？”王英杰一听她说话了，知道孩子心地善良，懂得关心别人。他说：“你关心我，说明你是个善良的好孩子。你把这口水喝了，我让你爸妈接你回去，我说话算话。”女孩望着对面慈父般的眼神，顺从地接过王英杰双手递过来的水杯，一口气喝光了。

这时，有位义工端来了一碗面条，说，“王院长，该吃饭了。”热面条已经坨在一起，王英杰用筷子一点一点拨开，递给她，说着聊着，女孩子不再使性子，吃完了一碗面条。

下午，王英杰打电话，请女孩的父母来接她回去。临走时，王院长说：“下一期幸福人生讲座快要开课了，你提前来，干点活儿，感受感受书院的氛围，好不好？”女孩答应说：“那就来呗。”

开课前，女孩果真来了。她说，“我答应过王院长的，说话得算话。”做了一段时间义工，又听了几天女德课程，女孩坐不住了，她对王英杰说：“王院长，我得走，我想鼓鼓劲儿，看能不能考上大学，报答父母和您的恩情！”就这样，女孩带着大家的希望回归了求学上进的正途。

王小慧老师说，孩子们来了，最高兴的是院长；孩子们病了，

❶

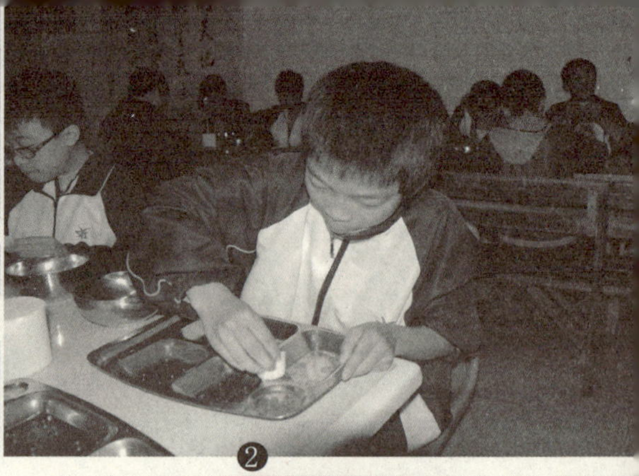

❷

❶ 同学们参加习劳活动

❷ 惜福爱物，从“光盘”做起

❸ 小辉向父母长辈行礼

❹ 教学中华礼仪

❸

❹

最担心的是院长；孩子们走了，最激动的还是院长。以爱暖其心，来到敦复书院的每个孩子，都是他的好孩子！

### 故事 54　浪子回头金不换，改过迁善做楷模

2013 年 9 月，敦复书院第一期长期班毕业典礼上，十五岁的小辉主动登台与老师和学长们分享收获，回想起以前的种种表现，他帅气的脸上挂满清泪，几次泣不成声。

小辉是家中的独生子，初二辍学，抽烟喝酒，打架斗殴，普通学校没法上了，父母把他送进一家武术学校。本想让老师好好管教他，不料，老师的严苛激起他更大的逆反情绪，他带领同学用拳头“反抗”，还说要让他不喜欢的老师无容身之地。母亲气得哭着当街跪求：谁能让我的孩子变好，让我当牛做马都行！

小辉的表哥小杰曾在敦复书院学习并做义工，变化显著，他的母亲（即小辉的姑姑）对小辉说：“反正你也没学上，没事干，来敦复书院玩个半年呗！”“玩玩就玩玩。”小辉来到敦复书院。

可敦复书院并不好玩，小辉开始想对着干，想逃跑。

班主任户志萍老师对他像对自己的儿子一样关心爱护、教育引导，课堂上与他一起诵读圣贤经典，细心为他讲解，早晚还抽时间与他促膝谈心。那饱含母爱的似水柔情，慢慢融化了他这块“顽石”。《弟子规》中讲：“见人善，即思齐……见人恶，即内省。”他开始反省不可一世的自己，开始学会体恤别人的感受，渐渐明白父母把最好的一切都给了自己的苦心，慢慢理解了王院长千金办学的重大

意义。他开始在生活中落实传统文化，行走坐卧、鞠躬行礼，一点一滴都不含糊，认真听课，踏实劳作，过去的“小霸王”成为老师、学员们眼中的模范学员。

毕业典礼上，小辉将父母、姑姑和老师请到台上，含泪三叩首道：一是感谢父母和亲人；二是感谢敦复书院、老师和学长们；三是毕业后将进入郑州一所十年制传统文化学校深造，决心终身投入传统文化的传承弘扬中，并请老师和亲人见证自己的誓言。

像小辉这样获益于国学的孩子还很多。一年来的同吃同住同学习，使户老师与第一期、第二期长期班的孩子们建立起深厚的感情，孩子们亲热地称她为“户妈妈”。已经毕业了的孩子中秋节时到学校给老师们送月饼，听说户老师的儿子近期要结婚，第一期学员毛亚萍专程从郑州赶来，发挥专长，为之主持婚礼。

### 故事55　饮水思源报亲恩，摆脱娇骄勤习劳

2011年11月10日下午五点半，开封市三十一中初中二年级的一百四十九名学生来到敦复书院，参加第十二期幸福人生学习班。

小昆是跟着奶奶生活的孩子，平时奶奶念她孤苦，不免就多了些宽纵，使得小昆有了“娇骄”二气，对奶奶有时也呼来喝去。全国有名的孝子、来自洛阳的王春来老师现身说法，真情讲授孝道课程，深深触动了小昆的心弦。当她跪在奶奶面前，第一次为奶奶洗脚时，摸着奶奶因生活的磨砺与艰辛而布满老茧的脚掌，她泣不成声。白发苍苍的奶奶也泪流满面，哭着喊：“我的乖孙女，今天会给奶奶

洗脚了，我孙女长大了，奶奶有盼头了，奶奶就是累死也愿意呀！”在场众人无不为之动容，一时间泪如雨下，啜泣声此起彼伏。所有孩子都眼含热泪向父母保证：“身有伤，贻亲忧。德有伤，贻亲羞。今后一定要听父母的话，好好学习，再也不做让父母担心的事情了。”

习劳课也是敦复书院的特色课程，每天的打扫、刷碗、择菜等活儿都是同学们承担的，这让十指不沾阳春水的小宝贝们，真切地体味到了生活的不易。赵雅格本想着切菜最简单不过，没想到第一次动手切冬瓜，冬瓜没切好，反倒把手切破了。但他清理了伤口，又咬牙继续干，他还在老师的带领下和几位同学去淘旱厕，又舀又担，桶上斑斑点点的粪便溅满了裤脚，他恶心得直呕吐，但仍含着泪不让同学替换自己。

在这里，爱挑食的孩子不剩饭菜了，因为他们知道所吃的一蔬一饭都是王英杰院长无偿提供的，都是义工们辛苦做成的。平时把老师的话当空气、傲慢无礼的孩子们，开始还认为动辄九十度鞠躬的行为太迂腐可笑，几天过去了，通过对《弟子规》的系统学习，他们渐渐明白了“见人善，即思齐，纵去远，以渐跻”的道理，也开始对人深鞠躬还礼。

“我感恩，我曾经来到过这里。”这是一百四十九名来到敦复书院的学生共同的心声。

### 故事 56　化解心头抑郁，家庭获得新生

黄宗杰原是开封市劳教所的一名干警，妻子范红梅，原在开化

❶ 黄老师夫妇

❷ 燕云成做的“环保菜”特别受欢迎

❸ 刚出锅的馒头

❶

❷

❸

社区工作。2013 年的一次车祸，使这个曾经幸福的家庭跌入痛苦的深渊。

先是黄宗杰住进医院抢救治疗，当时医生说他轻则半身不遂，可能得狂躁症，重则将成为植物人。由于抢救治疗及时，在妻子儿女的悉心照料和亲人战友的关心帮助下，黄宗杰的身体恢复如初。

然而这次突来横祸，给他的妻子范红梅带来了巨大影响，她担心焦虑，多日不能正常睡眠，精神严重抑郁。黄宗杰陪着妻子先后到开封、郑州等地各大医院求医治疗，却一直不见好转。妻子不吃不睡，面无血色，精神全垮了，最后发展到每天只想着怎么死，一会儿想着跳龙亭湖，一会儿想着跳包府坑，一会儿想着撞汽车，一会儿想着卧轨，弄得全家人愁云惨淡，黄宗杰更是整天心惊肉跳的，生怕万一发生意外怎么办。他的岳父已经八十多岁了，女儿没结婚。可是，连省城大医院都治不好妻子的病，他该怎么才能挽救这个家啊，他自己也快要崩溃了。

他辞去退休后在驾校的教练工作，一天二十四小时陪在妻子身边，想尽一切办法为她求医问药。一家人生活得忧心忡忡，不知何时才能见到曙光。

当他感到走投无路的时候，好朋友的妻子徐俊英走进了他的家门，劝他说，你们上有老，下有小，不能这样对生活没信心，要对自己的生命负责。她把黄宗杰介绍到了敦复书院。她说，你们去那里听听课，做做义工，感受感受那里大家庭一样安详和谐的氛围，试试怎么样。黄宗杰想，敦复书院能治病？反正跑了那么多大医院，见了那么多医生都治不好，不妨到敦复书院碰碰运气。

他们夫妇在徐俊英夫妇的陪同下，来到了敦复书院，见到了王院长和李秀亭老师。王院长慈眉善目，谈吐从容淡定，他身上似乎有种特殊的吸引力。黄宗杰夫妇听了王院长、义工团队和老师们关于传统文化的演讲，了解到王院长全家为开办道德讲堂舍弃千万家产的动人事迹，亲眼看到不收分文的课堂环境，师生给听众行鞠躬礼，吃饭颂感恩词，不浪费一粒米、一片菜叶……他们的心灵受到极大震撼。听着学生们读《弟子规》等圣贤书的时候，他们夫妻心中暖暖的，自然产生了恭敬心。听到感恩母亲之歌时，他们流下眼泪，心中升起了生命之光。李秀亭老师和她的两个女儿，多次耐心开导范红梅，细细讲述《弟子规》和传统文化的感人故事。爱心的开导、心灵的净化、胸襟的开阔，使范红梅改变了自己以往心眼小、好埋怨、遇事钻牛角的毛病，心结终于打开了，她脸上露出了久违的笑容。

夫妻俩感慨道："我们以前几十年都是活在迷茫中，真是白活了。过去整天争这争那的，争不到就怨恨烦恼。有一点小职务，也是德不配位，结果身体遭殃，受尽折磨。"通过学习《弟子规》，学习孝道，道德讲堂逐渐医治好范红梅的心病，她的健康得以恢复。

有朋友不理解地问："你们有毛病啊！不去上班赚钱，跑敦复书院听课听得入迷，做义工干得起劲。"朋友不懂，可黄宗杰夫妇懂得，是敦复书院传递的无私无我人间大爱，唤醒了迷失方向的他们，让这个灾难之家获得重生。

## 故事 57　传统文化成日课，从心开始转命运

每年暑假敦复书院开班及重大活动，来自三门峡的燕云成，总要停下自己的生意，来开封做义工。书院厨房烧油料不好控制，而燕云成是行家里手，他炒的“环保菜”，特别受学员们欢迎。

2010 年，燕云成在网上报名参加敦复书院幸福人生课程班，因名额限制，他几次都没能报上名，于是干脆带着妻子、儿子直奔开封，成为被录取的为数不多的带孩子来学习的男家长。全家跟蔡礼旭老师学习《弟子规》，听中国十大孝子之一王希海老师讲他二十六年精心伺候瘫痪父亲的事迹。王希海曾动情地说：“看到父母只要活着，我就开心。”这句话深深地打动了燕云成，他开始思索，人该是怎样个活法？什么才是幸福的人生？他是做矿产生意的，过去满脑子生意经，忙得一个月才回家住一两个晚上，更顾不上对孩子的教育，结果上小学三年级的儿子，每次考试成绩总是班上倒数五名之内，妻子气得直哭。通过在书院的学习，他反思自己：我一心为孩子挣钱，结果把孩子养成了废品，挣钱还有啥用？四天课程下来，孩子也仿佛长大了，临走时对老师说：“一日为师，终身父母。”说得老师掉眼泪。

从此之后，传统文化成为他们全家的日常功课，三人每天晚上一起大声诵读《弟子规》《太上感应篇》等圣贤经典，家庭和睦上进，儿子懂礼貌了，知道处处节约了，小学毕业时考到全年级第八名，三门功课离满分只差三分。

儿子的显著变化引起了周围亲戚朋友的好奇。去年敦复书院亲

子夏令营中，燕云成推荐三门峡来了四家“编外”学员。其中一个家庭连续参加了两期课程，另一个是教师家庭，学习结束后先来到燕云成家，给他深深鞠上一躬说：“若不是你带我结识敦复书院，我可能已经离婚了，家已经散了。”这位老师如今不仅家庭和睦，还在自己家义务开办了读经班。燕云成深有感触地说：“学习传统文化太好啦。触动心灵一点，就会改变整个人生！”

### 故事58　高压强势女汉子，学习柔顺家和美

戚巧珍，今年五十二岁，是河南洛阳偃师县人，生肖虎，脾气也很“虎”，说话风风火火，气势强，语速快，发自内心的真情能迅速感染你，一看就是敢说敢做的女汉子性格。可是这样一位善良又肯为家庭付出的女士，结婚二十多年来，家里竟如同滚开的水锅，爱人孩子都怕她，感觉生活在“水深火热”之中。

2012年，戚巧珍到敦复书院学习传统文化之后，她找到了多年来家庭矛盾的症结。《女诫》讲：“谦让恭敬，先人后己，有善莫名。”意思就是说，应当处处谦逊忍让，尊重别人，有问题先检讨自己，做善事也不张扬自夸。《弟子规》里还讲：“话说多，不如少。”而她自己，总吵着说丈夫没出息，抱怨孩子不争气。因为自己太强势，老虎屁股摸不得，弄得全家都难以忍受她的“高压统治”，跟亲戚邻居们的关系也处得很紧张。别人不高兴，她自己心里也觉得委屈郁闷。

在敦复书院，戚巧珍更从院长夫人李秀亭身上学习如何做女人。正如书院一位老师所讲，王院长作为男子汉，有如此胸怀善举，已

非常难得，而李秀亭将点滴小事与大气情怀自然地融于一身，默默站在丈夫身后支持办学，从容地管理着自己的小家和书院这个大家，这就是先圣们赞扬的“水善利万物而不争”，这是难得的人品和大智慧啊！一个好女人旺三代，戚巧珍看到了活生生的榜样。

从此之后，戚巧珍收敛了“虎气”，学习柔顺低下，遇到矛盾冲突时学习以柔克刚，又多次来敦复书院学习领悟，在行动中修炼落实，并带动孩子也开始学习、做义工。现在，她家盖起了三层小楼，夫妻和谐，生活和美。

### 故事 59　相由心生境随转，心病还需心药医

今年六十岁的徐俊英，退休前从事教育工作多年，曾获得高级职称和许多荣誉称号，可她内心并不快乐。长期超负荷工作，生活中琐碎的烦恼，导致她肠胃不好，胆囊经常疼痛，腰酸头痛，曾先后做过大小手术五次，从四十多岁开始，医生说她的血管、体质像六七十岁的人。为调理身体，她没少下功夫，可是她吃西药不见效，吃中药又反胃。做医生的堂妹说：“药只能疗身，而不能疗心，重要的是得打开心结。”堂妹把她带到了敦复书院。

一到书院，徐俊英立刻感受到了王英杰院长和李秀亭大姐的关爱。他们带她听传统文化课，送书、送学习光盘给她，他们的奉献精神和慈悲之心，深深地感动着她，也改变着她。“相由心生，境随心转。”她在遇到逆境和不顺心的人和事时，最受益的是《弟子规》中讲的“恩欲报，怨欲忘，报怨短，报恩长”。她从力行孝道开始，

❶ 来自偃师的学员戚巧珍

❷ 戚巧珍的爱人魏振江在书院做义工

❸ 徐俊英（右一）与儿媳妇（左一）在台上与大家分享

常给老人洗澡、修脚、按摩，做到孝身、孝心、孝志。过去她喜欢穿戴名牌，吃大鱼大肉、生猛海鲜，现在简衣素食，守拙抱朴；过去喜欢找别人的缺点，现在常念别人的好，时刻反省自己，常说“我错了，对不起”。她只求付出，不图回报，天天心情都很舒畅，几年下来，身体好了，天天乐呵呵，连感冒发烧都很少。

她先生因为发生在徐俊英身体精神上的明显变化，也爱上了国学经典。他深知“诸恶莫作，众善奉行”“利己者恶，利人者善”。所以，他退休之后主动交上公车和办公室，不占公家任何便宜。他常说：“纳税人的钱不能乱花。”他教育子女学习《了凡四训》《曾国藩家书》，主动带孩子们一起做公益。儿子原先对传统文化的书和光盘看不进去，现在书不离身，能以孝悌忠信礼义廉耻来规范自己的言行，努力做到正心正念，谦虚廉洁。儿媳也到敦复书院学习，收获很大，对徐俊英说：“妈，你是妈，也是我的老师。”唱着《婆婆也是妈》这首歌给婆婆洗脚，还主动要求和奶奶住在一起，照顾奶奶的起居生活。小孙子也很喜欢传统文化，目前会背《弟子规》《论语》《千字文》里的一些文章，家长做义工时他也要跟着帮忙。今年“六一”儿童节，孩子还随王英杰院长一起到SOS儿童村献爱心。如今徐俊英一家，儿孙绕膝，个个孝顺懂事，事业有成，家庭和美。徐俊英的老婆婆整天乐得合不拢嘴，说：“我想一百想，也没想到能过上这么好的日子！”

从敦复书院受益的何止徐俊英一家人！她把自己的同事朋友，她爱人的战友及其爱人，都带到敦复书院做义工，个个都实现了身心和谐，家庭幸福。

### 故事 60　正己化人，实至名归

曾子曰："士不可以不弘毅，任重而道远。"2013 年 12 月，王英杰入围中国好人榜的候选人，在网上投票的关键时刻，王英杰像与之无关似的，照常笑嘻嘻地讲课听课，在书院、宿舍、伙房例行察看，见天忙碌着。他说，父母给我取名英杰，"英"是草字头，"杰"是木字头，我原本就是草木之人，一介普通百姓，一切不必强求，顺其自然就好。

与之形成鲜明对比的是王英杰庞大的"粉丝"群。既有敦复书院的老师、义工，还有认识他的同事、朋友，更有敦复书院四十多期幸福人生课程的数万名学员，他们遍布东北、内蒙古、甘肃、广东等地。他们把网上投票当成是自己的工作，看成是表达自己心愿的重大机会。有的老义工不会上网，便催促自己的儿女孙辈代他们投票。亲子夏令营的孩子们与家长一起投票感恩。教师发动自己班上的学生及家长推选开封的好人。天南海北的学员动员自己的家人、朋友投王英杰一票。QQ、手机、博客、微信等各种网络工具更是各显神通。了解敦复书院的人们边动员熟人、朋友投票，边向社会宣传他们心中的敦复书院和王英杰的事迹。

2014 年元月，中国好人榜揭晓，开封敦复书院院长王英杰赫然在列，热爱敦复书院的人们奔走相告。这是名副其实，也是众望所归。河南省"十佳母亲"李玉萍说，王英杰院长获得了那么多荣誉那么多奖，每一项都是实至名归，是德行人心的反映。

王英杰及他的家庭荣获了“第九届全国五好家庭”“全国最美家庭（提名)”“中国好人”“河南省传承好家风的好爸好妈”“河南省最美家庭标兵户”“河南省社科系统先进工作者”等荣誉称号。王英杰说,这不是我个人或我一家的荣誉,是社会对祖国传统文化的认可，这与敦复书院的老师、义工及社会各界爱心人士的热情支持、共同努力是密不可分的。

中国农业大学何慧丽教授在祝贺敦复书院成立七周年的座谈会上说：

2012 年，我在任开封市市长助理期间，有幸结识了王院长家人及敦复书院。从那时起，我所参与的乡建事业之宗、修身养性之本，便找到了新的发展方向。三年来，在王院长及敦复书院的指导、培训和帮助下，灵宝市弘农书院成立了、成长了，兰考合作社的社员们、兰考的朋友们，也相继来到敦复书院，找到了人生与事业的新营养、新力量。对此，自是感恩不尽、师从有加。

敦复书院，归“敦伦尽分”之位，复兴中华道统；行“克己复礼”之风，立人间大德之事。这在公元 21 世纪生态文明的今天，必将利在当代，功在千秋。祝贺敦复书院在新的征途上：协和万方家家兴，教化万民人人福。

“大道之行也，天下为公。”敦复书院已经八岁了，王英杰仍在思索：道德讲堂发展的一个周期是多少年呢？他的答案是六十年，即一个甲子。

①

②

❶ 中央领导接见第五届全国道德模范

❷ 省领导接见第五届全国道德模范

❸ 入选“中国好人榜”纪念证书

❹ 全国五好文明家庭证书

❺ 第五届全国道德模范提奖证书

③

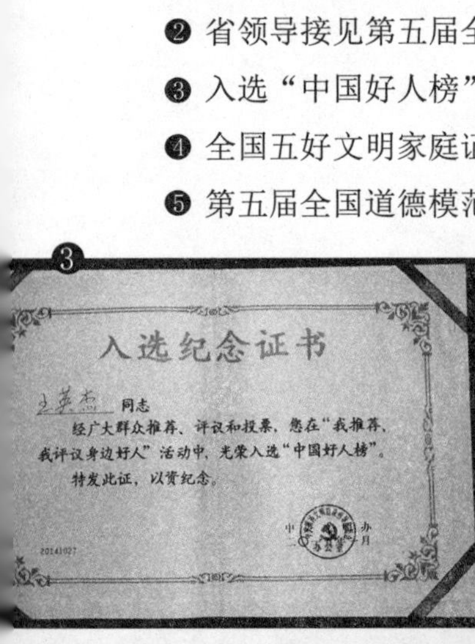

入选纪念证书

王英杰 同志

经广大群众推荐、评议和投票，您在“我推荐、我评议身边好人”活动中，光荣入选“中国好人榜”。

特发此证，以资纪念。

20141027

④

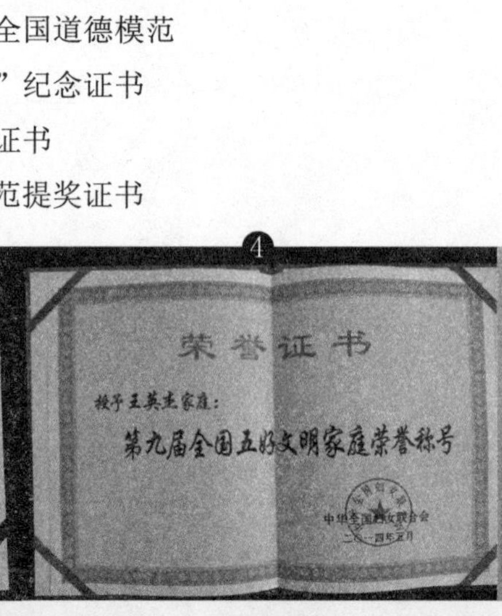

荣誉证书

授予王英杰家庭：

第九届全国五好文明家庭荣誉称号

中华全国妇女联合会

二〇一四年五月

⑤

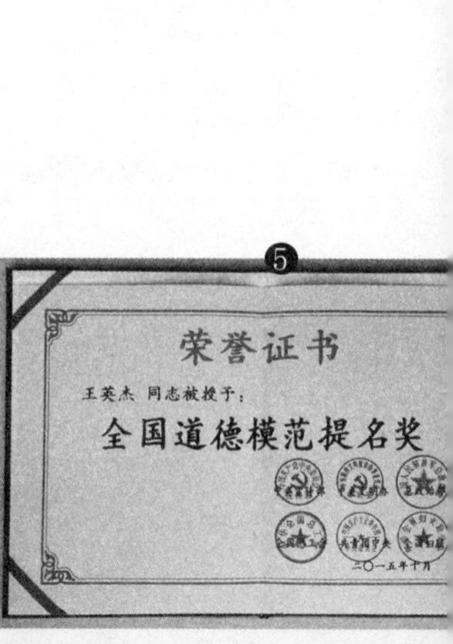

荣誉证书

王英杰 同志被授予：

全国道德模范提名奖

二〇一五年十月

❶

❶ 全国五好文明家庭表彰会合影

❷ 开封市市委书记吉炳伟（左三）看望全国道德模范提名奖王英杰

❷

在未来的六十年里，在我国即将全面建成小康社会的基础上，敦复书院将教人知足，知恩感恩，尊师知礼，爱家爱国，孝忠济世，德耀敦复。王英杰相信：在不远的将来，将有千万个敦复书院式的传统文化基地呈现，共同托起习主席提出的伟大的中国梦。这，是他心中最美的梦。

# 附录　敦复书院大事记

2008 年 8 月 20 日，敦复堂正式开课。

2009 年 9 月，河南省孔子学会首次到敦复堂开展活动。

2010 年 7 月，第一期道德讲座开班。

2010 年 8 月 20 日，举办第三期道德讲堂，地址由西康苑搬迁至西关北街 143 号院，听课场地由原来的可容纳一百多人，增至三百多人。

2010 年 8 月，开封电视台《关注》栏目首次对敦复书院进行报道。

2010 年 12 月 5 日，王笑南会长代表河南省孔子学会为书院挂牌。

2011 年 12 月 23 日，开封市文明办挂牌“中原文明大讲堂宣教基地”。

2012 年 3 月 15 日，市政府会议纪要（【2012】23 号）批准敦复书院教育用地。

2012 年 3 月 30 日，梁苑办事处党委批准敦复书院党支部成立。

2012 年 7 月 8 日，敦复书院首届儿童公益夏令营开班。

2012 年 8 月 14 日，开封市文明办下发《关于依托敦复书院开展好道德讲堂的通知》。

2012 年 10 月，敦复书院全面装修，穿插作业四十五天，建成可容纳五百多人的大礼堂、现代化厨房、可容纳两百人就餐的餐厅。

2012年11月15日，敦复书院道德讲堂礼堂及孔圣像揭幕，开封道德讲堂总堂挂牌。

2013年3月9日，敦复书院第一期半年期学习班开课。

2013年6月24日，开封市市长侯红到书院指导工作。

2013年7月4日，河南省委调研组杨骁副厅长对书院专题调研。

2013年8月7日，河南省文明办召集全省十八市文明办负责人在敦复书院进行道德讲堂观摩课。

2013年11月22日，开封大学机械管理学院敦复道德班开课。

2014年1月，王英杰被中央文明办评为“助人为乐中国好人”。

2014年5月2日，河南卫视新闻联播报道敦复书院《用千万资产倾心义务办国学》。

2014年5月15日，王英杰家庭被全国妇联评为“第九届全国五好文明家庭”“全国最美家庭提名奖”，到北京人民大会堂领奖。

2014年5月，王英杰家庭被河南省妇联评为“河南省最美家庭标兵户”“河南省五好文明家庭标兵户”。

2014年7月7日，开封市文明办下发《关于开封市道德讲堂总堂开办固定课堂的通知》。

2014年8月5日，河南卫视《金色梦舞台》栏目对敦复书院进行访谈。

2014年10月17日，河南卫视《聚焦中原》栏目报道敦复书院《开办敦复书院 弘扬传统文化》。

2014年11月15日，开封市正市长级干部朱丽萍到敦复书院视察工作。

2014 年 12 月，王英杰被评为“河南省社科联 2014 年先进工作者”。

2015 年 1 月，王英杰夫妇被河南省妇联、河南省文明办授予“传承好家风的好妈好爸”荣誉称号。

2015 年 3 月 31 日，开封市妇联主席薛冬到敦复书院视察工作。

2015 年 5 月 21 日，开封市宣传部长王载飞到敦复书院视察工作。

2015 年 6 月 18 日，河南卫视新闻频道再次对敦复书院进行实况报道。

2015 年 6 月 29 日，河南省《道德模范在身边》基层巡演活动走进敦复书院。

2015 年 6 月 30 日，中央电视台到敦复书院采访。

2015 年 10 月 13 日，第五届全国道德模范座谈会在北京召开，王英杰获“全国道德模范提名奖”。

2015 年 10 月 14 日，市委书记吉炳伟代表市委、市政府和全市人民对王英杰表示祝贺，表示将一如既往关心支持敦复书院的建设发展。

2015 年 10 月 29 日，河南省“全国道德模范提名奖”获得者宣讲活动在敦复书院启动。

2016 年 2 月，《大德敦化：河南敦复书院落实中华美德的真实故事》由北京世界知识出版社出版。

# 后 记

在本书创作过程中，得到了敦复书院王英杰院长、李秀亭女士和全体教师、义工的大力支持，他们提供了大量第一手资料，李新叶、李玉龙、马继军、程子良、黄萌生、刘凤山、李轲、孙寒梅、户志萍、王俊明、郝雪晴等同志对本书创作给予了很大帮助，在此一并致谢。

非常感谢所有为这部书出版付出努力的人们。谢谢！

图书在版编目（CIP）数据

大德敦化：河南敦复书院落实中华美德的真实故事 / 宵旰，雪晴著 . —北京：世界知识出版社，2016. 1

ISBN 978-7-5012-5109-4

I. ①大… II. ①宵…②雪… III. ①故事—作品集—中国—当代 IV. ① I247. 8

中国版本图书馆 CIP 数据核字（2015）第 313427 号

大德敦化：河南敦复书院落实中华美德的真实故事

Dade Dunhua:Henan Dunfu Shuyuan Luoshi Zhonghua Meide de Zhenshi Gushi

著　　者　宵 旰 雪 晴　　　　策　　划　世知东方

责任编辑　薛 乾　　　　特邀编辑　杨 娟　李 倩

责任出版　王勇刚　　　　内文制作　宁春江

装帧设计　周周设计局

出版发行　世界知识出版社

地　　址　北京市东城区干面胡同 51 号（100010）

网　　址　www.ao1934.org　www.ishizhi.cn

联系电话　010-58408356　010-58408358

经　　销　新华书店

印　　刷　北京市松源印刷有限公司

开本印张　710×1000 毫米　1/16　10 印张　2 插页

字　　数　102 千字

版次印次　2016 年 4 月第一版　2016 年 4 月第一次印刷

标准书号　978-7-5012-5109-4

定　　价　20.00 元

## 敦复书院联系方式

地址：河南省开封市西关北街143号

电话：13803786283　0371-23336590

网址：www.dfsy.net

敦复书院微信公众平台号：kfdfsy

微信公众平台二维码